Haruki Murakami

1973年的弹珠玩具

[日]村上春树 —— 著
赖明珠 —— 译

上海译文出版社

1973 NEN NO PINBORU
by Haruki Murakami
Copyright © 1980 Harukimurakami Archival Labyrinth
All rights reserved.
Originally published in Japan by Kodansha Ltd., Tokyo.
Chinese (in simplified character only) translation rights arranged with
Harukimurakami Archival Labyrinth, Japan
through THE SAKAI AGENCY and BARDON CHINESE CRATIVE AGENCY LIMITED.

本书中译本由时报文化出版企业股份有限公司委任英商安德鲁纳伯格联合国际有限公司代理授权

图字：09-2022-0998号

图书在版编目（CIP）数据

1973年的弹珠玩具/（日）村上春树著；赖明珠译
. — 上海：上海译文出版社，2023.10
  ISBN 978-7-5327-9360-0

Ⅰ.①1… Ⅱ.①村… ②赖… Ⅲ.①长篇小说－日本
－现代 Ⅳ.①I313.45

中国国家版本馆CIP数据核字（2023）第160361号

1973年的弹珠玩具
［日］村上春树/著　赖明珠/译
总策划/冯涛　责任编辑/吴洁静　装帧设计/柴昊洲　封面插画/Cici Suen

上海译文出版社有限公司出版、发行
网址：www.yiwen.com.cn
201101 上海市闵行区号景路159弄B座
山东韵杰文化科技有限公司印刷

开本890×1240　1/32　印张4.875　插页5　字数60,000
2023年11月第1版　2023年11月第1次印刷
印数：00,001—20,000册

ISBN 978-7-5327-9360-0/I·5843
定价：68.00元

本书中文简体字专有出版权归本社独家所有，非经本社同意不得转载、摘编或复制
如有质量问题，请与承印厂质量科联系。T:0533-8510898

世界上有什么不会失去的东西吗?
我相信有,你也最好相信。

——村上春树

目　录

1969—1973　　　　　　　　　　　1
关于弹珠玩具的诞生　　　　　　　20

1969—1973

曾经近乎病态地喜欢听一些从来没到过的地方的事。

有一段时期,虽然这已经是十年前的事了,我每逮到一个身边可能遇到的人,就一定追问他有关生长的故乡或成长的地方的事情。或许那个时代,像我这类主动去问人家闲事的人种还极端缺乏,因此不管什么人都亲切又热心地告诉我。甚至有些从来没见过的陌生人,也不知道从哪里听到我的传闻,而特地跑来说给我听。

他们简直就像往一口枯井里投石子一样,真是对我说了形形色色的事。而且说完以后都一律心满意足地回去。有些人心情愉快地述说,有些人一面生气一面说,有些人说来头头是道,有些人从头到尾不晓得在说些什么。有的听来枯燥乏味,有的听来让你伤心得快掉眼泪,也有半开玩笑胡说八道的,不过不管怎么说,我都尽可能认真地洗耳恭听。

虽然不知道为什么,不过似乎任何人都拼命想对某个人或对这个世界倾诉一些事。这使我联想起塞满纸箱的猿猴群，我把那些猿猴一只一只从纸箱捉出来，细心地拂掉它们身上的灰尘，然后啪哒拍一下屁股，把它们放回草原上去。从此它们就不知去向了。一定是在某个地方，啃着橡果，然后渐渐死灭了吧。结果命运就是那样。

那真是一件吃力不讨好的事，现在想起来，如果那年举办"最热心听别人说话的世界竞赛"的话，我一定毫无疑问被选为冠军。而且搞不好还能领到一堆厨房用的火柴之类的奖品吧！

我的谈话对象之中，土星生的和金星生的各有一位。我对他们说的话，印象非常深刻。首先土星说：

"那里呀……冷得要命。"他像呻吟似的说，"一想起来，就、就快要发疯。"

他属于一个政治性的社团，那个社团占据了大学的九号馆。所谓"行动决定思想，反之不可"是他们的信条。至于什么决定行动，却没有人告诉他们。不过九号馆里有冷气、电话和热水设备，二楼还有一间收集了两千张唱片和拥有 ALTEC A5 音响设备的雅致音乐室。那真是个天堂（譬如跟闻得到像赛马场厕所味道的八号馆比起来的话）。他们每天早晨用热水把胡子刮得精光，下午可以随心所欲地在屋角打长途电话，太阳下山后，大家聚在一起听音乐，结果秋天结束时，他们全体都几乎变成古典音乐狂了。

晴朗得令人愉快的十一月某个下午,当第三机动队冲进九号馆时,据说维瓦尔第的《和谐的灵感》正以全音量播出,到底是真是假没有人知道,不过却是六九年中令人觉得心头暖暖的传说之一。

当我从层层叠叠的,看起来蛮危险,用来代替障碍栏的长椅堆下钻过去时,隐约可以听见海顿的《g小调钢琴奏鸣曲》。那令人怀念的气氛正如一面走上半山腰的坡道,一面闻到山茶花的香气,正要去拜访女朋友家时完全一样。他请我在一把最像样的椅子上坐下,然后拿出从理学院的校舍顺手牵羊摸来的烧杯,倒了没冰过的温啤酒给我。

"而且引力非常强。"他继续说着土星的事,"曾经有个家伙的脚被嘴里吐出来的口香糖残渣击中,脚背都碎了呢!真是个地、地狱。"

"原来如此。"停了两秒钟后,我回答他。那阵子我真是体验了三百种以上各式各样不同的应答法。

"太、太阳也非常小噢,就像从外野看本垒上放着的一个橘子一样小。所以经常都是黑黑暗暗的。"他叹了一口气。

"为什么大家不离开呢?"我试着这样问,"其他地方总该有更容易过活的星球吧!"

"不晓得。大概因为是自己出生的星球吧。就、就是这么回事。我毕业以后,也要回土星去,而且,要创造一个了、了不起的国家,革、革、革命啊!"

总之我喜欢听遥远的地方的故事。那些地方,我像冬眠前的熊一样,储藏了好多。只要一闭上眼睛,那些街道、民房,一一浮现,听得见人们的声音,甚至可以感觉到在那些遥远的地方,永远也不可能和我交往的人们,和缓而确切的生活波潮。

*

直子也好几次对我说过类似的事情。她的话我每一句都记得一清二楚。

"那地方我不知道该怎么称呼才好。"

直子坐在照得到阳光的大学休息室里,一只手托着腮,有点嫌麻烦地笑着说。我很有耐性地等着她继续说下去。她向来都慢吞吞地一面思索着正确的措辞一面说。

我们隔一张红色塑胶桌子面对面坐,桌上放着一个塞满烟屁股的纸杯。从高窗上射进来像鲁本斯的画里一样的日光,在桌子正中央划出一条明暗清晰的界线。我放在桌上的右手正好在光亮下,而左手则在阴影里。

1969—1973

一九六九年春天,我们就这样过着二十岁。休息室里到处是穿着新皮鞋、抱着新讲义大纲、头脑塞满新脑浆的新生,因此连踏脚的地方都没有,我们旁边也始终有一些人,跟别人相撞,然后互相抱怨,或互相道歉的。

"总之那还不能称为一个城或镇哪。"她这样继续着,"有一条笔直的铁路,有车站。下雨天,司机都可能看漏的那种凄凉的小站。"

我点点头。然后足足有三十秒左右,两个人漫无目的地默默凝视着光线中摇晃着的香烟的烟尘。

"从月台这头到另一头,老是有狗在散步着噢。那种车站,你知道吗?"

我点点头。

"出了车站,有一个环形交叉口,有巴士站喏。然后有几家商店……好像没睡醒的那种商店喏。从那里一直走,就会碰到公园喏。公园里有一个滑滑梯、三个秋千。"

"有沙坑吧?"

"沙坑?"她慢吞吞地想了一下,然后肯定地点点头。"有!"

我们又一次沉默下来。我把快烧尽的香烟,在纸杯里仔细弄熄。

"是一条枯燥乏味得可怕的街道。到底为什么会去建一条那样无聊的街道,真是无法想象。"

"神以各种方式,呈现他的姿态。"我试着这么说。

直子摇摇头独自笑着。像那些成绩单上整排全是A的女生经常有的那种笑法。而那笑容奇妙地留在我心里好久一段时间。简直像出现在《爱丽丝梦游仙境》里的柴郡猫似的,在她消失之后,那笑容依然还残留着。

话说回来,我不管怎么样,都想去看看那在月台上纵走的狗。

*

从此过了四年,一九七三年的五月,为的是看狗。而为了走这一趟,我刮了胡子,半年来头一次打起领带,还拿出新的马臀皮鞋来穿。

*

我从那眼看着快生锈的可怜兮兮的两辆串接式郊区电车下来,首先扑鼻而来的是一股令人怀念的草香。就像好久以前远足时闻到过的香气一样。五月的风就这样从时光隧道的彼端吹了过来。我只要抬起头侧耳静听,连云雀的叫声都听得见。

我打了一个很长的哈欠之后,就在车站的长椅上坐下来,不耐烦地点起一根烟。清晨从公寓出来时,那种新鲜的情绪,现在已经完全消失,觉得任何事情都只不过是一再反复地重现罢了。无止境的既视感

(déjà-vu)每重现一次只有更恶化。

从前,曾经有过一段日子跟几个朋友挤沙丁鱼似的一起睡。黎明时分有人踩到我的头,然后说一声对不起,从此以后,我就听见小便的声音,一再地重复。

我把领带解松,香烟还含在嘴角,我试着让穿在脚上还没习惯的皮鞋的底部,在水泥地上摩擦出咯吱咯吱的声音,希望因此能缓和脚痛。那痛虽不怎么激烈,却给我一种身体像要分裂成几个不同部分似的违和感。

狗,连个影子都没看见。

*

违和感……

那种违和感我经常感觉到。就像同时在拼凑两组混杂在一起的拼图游戏的碎片时一样的感觉。总之那种时候我就喝威士忌睡觉,早晨起来的状况更惨,就这样重复着。

眼睛睁开来时,我两肋下居然出现两个双胞胎女孩。到现在为止我已经经验过好几次了,不过两只手臂里出现双胞胎女孩却真的是头一次。两个人鼻尖碰着我的两肩,像很舒服似的沉睡着。这是一个十分晴朗的星期天早晨。

两个人终于几乎同时醒过来,然后窸窸窣窣地把脱在床上的衬衫和牛仔裤穿上,就一语不发地到厨房去泡咖啡、烤吐司,从冰箱拿出黄油——排在餐桌上。动作真是熟练。窗外高尔夫球场的铁丝网上,不知名的鸟正停下来像机关枪扫射般叫个不停。

"叫什么名字?"我问她们两个,前一天的宿醉使我的头快要裂开。

"没有像样的名字啊。"坐在右边的说。

"真的,没什么不得了的名字。"左边说,"你懂吗?"

"我懂了。"我说。

我们隔着餐桌面对面坐,啃着吐司,喝着咖啡。那真是美味的咖啡。

"没有名字很伤脑筋是吗?"一个问道。

"怎么说呢?"

两个人沉思了片刻。

"如果无论如何都希望有个名字的话,你就随便帮我们取一个好了。"另一个建议道。

"你喜欢怎么叫就怎么叫好了。"

她们老是轮流着说,简直像FM电台调试立体声似的。害得我头更痛。

"例如呢?"我试着问。

"左边跟右边。"一个说。

"直的跟横的。"另一个说。

"上面跟下面。"

"里面跟外面。"

"东边跟西边。"

"入口和出口。"我也不甘示弱地勉强追加一句。两个人面对面互相对看了一眼,满足地笑了。

*

有入口就有出口。大部分东西都是生来如此的。邮政信箱、电动吸尘器、动物园、酱油壶。当然也有不是这样的,例如:捕鼠器。

*

公寓水槽下就放有一个捕鼠器,饵是用薄荷口香糖做的。因为我找遍一屋子,除了这个以外,再也没有其他称得上食物的东西了。好不容易才从冬天的外套口袋里,随着电影票根一起被发现的。

第三天早晨,一只小老鼠卡在那机关上,颜色就像伦敦免税商店里堆积如山的开司米毛衣一样,还很年轻的老鼠。换成人类的话,该是十五六岁左右吧。正是寂寞难当的年龄。口香糖残渣则扔在脚下。

我尝试捕捉却不知该如何处置,就任凭它后脚一直被铁丝夹住,老

1973年的弹珠玩具

鼠在第四天早晨死去,它的姿态留给我一次教训。

凡事必定要有入口和出口,这么回事。

*

铁路沿着丘陵,简直像比着尺画出来的一样,一直线延伸出去。遥远的前方暗绿色的杂木林,就像揉成一团团纸屑的形状一样看来好小。一条铁轨一面粗钝地反射着阳光,一面像互相重叠似的消失在绿色中。不管到哪里,一定也有跟这一样的风景永远持续着吧。想到这里就累。比起这来,地铁还好多了。

抽完烟我伸展一下身体,眺望天空。已经好久没有眺望天空了。与其这么说,不如说连好好眺望一样东西这种行为本身都好久没有出现过了。

天上没有一片云。而且整个模糊不清,被春天特有的不透明雾气笼罩着。从那无处捉摸的雾气上,天空的蓝一点一点渗透进来。日光像微细的尘埃一样,无声地在大气中照下来,然后让谁也没有感觉地沉积在地面。

温和的风摇晃着光,空气像林间成群移动的鸟一般缓缓流动。风滑过沿着铁路和缓倾斜的绿野,越过轨道,穿过树林却没有摇动树叶。杜鹃的啼声,一经穿透柔和的光,消失在遥远的天际线上。丘陵起伏了好几层,连成一列像睡着了的巨大的猫一样,在时光的日照下蹲踞着。

*

脚痛得更厉害。

*

再提有关井的事。

十二岁那年直子来到这块地上。以西历来说是一九六一年。就是瑞奇·尼尔森唱《你好,玛丽·露》的那年。当时这片绿色的山谷,还没有任何足以引人注目的东西存在,只有几户农家、少数田地、爬满螯虾的河流、单线郊外电车和令人打哈欠的车站,如此而已。大多数的农家院子前面总种有几棵柿子,院子角落则有一个任日晒雨淋,只要一靠上去就可能立刻会倒塌的那种谷仓,面向铁路的谷仓墙上钉着卫生纸啦,肥皂之类的洋铁皮广告板。就是那样一个地方。连一只狗都没有,直子说。

他们搬来住的房子,是在和朝鲜战争时期建的两层洋房。算不上怎么宽大,不过粗壮的柱子,和配合用途精挑细选的上等木材,使这栋房子看来厚重而扎实。外表涂着三段深浅不同层次的绿色,每段颜色都因为风吹日晒雨淋而褪色得很厉害,以至于完全融入周遭的风景中了。院子很大,里面有几处树林和小池塘,树林里还有一间当作工作房用的雅致八角亭,凸窗上还挂着已经完全看不出原有色彩的窗帘。池子里水仙开得纷乱茂盛,一到早晨小鸟们都群集在那里戏水。

这房子的设计者也是最初的主人,是一位年老的西画家,不过在直子搬来的前一年冬天,已经得了慢性肺炎死了。一九六〇年,鲍比·维唱《橡皮球》那一年。是个雨多得烦人的冬天。这块地上几乎很少下雪,但因此却反而下了很多冷得可怕的雨。雨渗进泥土里,地面被潮湿的寒气覆盖着,而地底则充满了有甜味的地下水。

从车站沿着铁路只要走五分钟,就是掘井人的家。那是一个河边潮湿的低地,一到夏天屋子四周就被蚊子和青蛙密密地包围住。掘井人是个五十出头脾气古怪的男人,只是在掘井方面确实是个正牌的旷世奇才。只要有人托他掘井,他首先就会到拜托他的人家的土地上花好几天走来走去,一面嘀嘀咕咕念着,一面不时用手抓起各种泥土来闻闻味道。等到发现认为可以的地点时,才把几个同伙的工人喊来,从地面一直线挖下去。

就因为这样,这地方的人才能喝到如此美味的井水。那清澈冰冷的水,透明得简直让拿着玻璃杯的手都快变透明了。大家把这水称为富士雪水,那当然是骗人的,没有理由流到这么远来。

直子十七岁那年秋天,掘井人被电车碾死了。因为豪雨、冷酒加上重听。尸体化成数千肉片飞溅到四周的原野,那用五个桶子回收时,七个警察不得不拿尖端带钩的长棍子,不断挥赶着肚子饿扁的野狗群。其实还有一桶左右的肉片掉进河里、流进池塘当了鱼饵。

掘井人有两个儿子,可是没有一个留下来继承父业,都离开这块土地,而留下来的房子谁也不敢接近,就那样成了废墟,经过漫长岁月已经渐渐腐朽了。从此以后,这块地上就难得再有涌得出美味井水的井了。

我很喜欢井。每次看见井,就要丢石头进去,没有什么比小石子在深井里落入水面的声音更使我觉得心境平和的了。

*

一九六一年直子一家搬到这块地上来,是由父亲一个人的意思决定的。一方面因为和死去的老画家是亲密的朋友,另一方面因为喜欢上这块土地。

他在法文方面好像还是个颇有名气的学者,不过却在直子刚上小学时突然辞掉大学的职务,从此随心所欲地翻译一些稀奇古怪的古书,过着颇惬意的日子。譬如像堕落的天使、破戒和尚、驱魔者、吸血鬼之类的书。详细情形不太清楚，我只有一次在杂志上看过登出来的照片。听直子说她父亲年轻时候好像活得蛮有趣的。从相片的风貌中多少可以看出那种感觉。戴着顶鸭舌帽、一副黑框眼镜，眼光锐利地睨着镜头上方大约一米的地方，好像真的看见了什么。

*

　　直子一家搬来的时候，这地方聚集了不少这类痴狂的文化人，形成一个殖民地似的模糊特区，或许就像俄罗斯帝国时代，将思想犯送到西伯利亚流放区一样的情形。

　　关于流放区的事，我在托洛茨基的传记里读过一点。不知道为什么，有关蟑螂和驯鹿的事，到现在还记得一清二楚。就拿驯鹿来说吧……

　　托洛茨基藏身在暗影中，偷到驯鹿和雪橇，逃离流放区，四只驯鹿拖着雪橇在冰天雪地里不停地奔跑，吐出的气息都凝成白霜，蹄印散落在处女雪上，两天后到达停车场时，驯鹿已经精疲力尽地累倒了，从此再也起不来。托洛茨基抱起已死的驯鹿，泪如泉涌地在心中发誓，一定要为这国家带来正义、理想，而且要革命。到现在红场上还立着这四只鹿的铜像。一头朝东，一头朝西，一头朝南，一头朝北。连斯大林都不能破坏这些驯鹿。访问莫斯科的人在星期六清晨到红场参观，可以看见两颊通红的中学生们一面哈着白气,一面用拖把擦这些驯鹿的清爽光景。

……关于这特区的事。

他们避开车站附近方便的平地,却故意选择在山腰上盖他们想盖的各式各样的房子。每一间房子都拥有大得离谱的院子,院子里保留着原始杂木林、水池和山丘。有一家院子还有一条小河流过,河里野生的鲇鱼游来游去。

早晨他们在斑鸠的叫声中醒来,一面踩着山毛榉的果实一面在院子里散步,停下来站定便抬头看看从树叶间穿透下来的晨光。

时光移转,从都市中心急速向外延伸的住宅化浪潮也多少波及这块土地。那是在东京奥林匹克世运会的前后吧。从山上往下眺望,原来像辽阔的大海一般的大片桑田,已经被推土机整个推成黑色,以车站为中心的平板街容便一点一滴地形成了。

新的居民都是大都市上班的中等工薪阶层,早上五点一过从床上跳起来,迫不及待地洗把脸便匆匆赶电车,晚上很晚才像死掉了一样又回来。

因此他们唯一能够慢慢眺望自己的街道房屋的时间,只有礼拜天下午。而他们好像互相约好了似的都养起狗来。狗——交配生下的小狗则变成了野狗,从前连一只狗都没有,直子说的就是这意思。

1973年的弹珠玩具

*

我等了一个多钟头狗却没有出现。我点了十几根烟,又踏熄。我走到月台中央,"喝了从水龙头流出来冰得手指都要冻断的甘美的水"。然而狗还是没出现。

车站旁边有一个大水池,看来像是把河流堵起来而形成的细长扭曲的池子。四周长着高大茂密的水草,偶尔可以看见鱼跳出水面,岸上有几个男人相隔一段距离坐着,默默将钓鱼丝垂在暗色的水面,钓鱼丝像刺在水面的银针般纹风不动。在春天迷蒙的日光下,看来好像是钓鱼的人带来的白色大狗,正四处热心地嗅着酢浆草的气味。

狗来到离我十米左右时,我从栏杆上探身出去,试着唤它,狗抬起头来,以那浅得可怜的茶色眼睛望我,然后摇了两三下尾巴,我弹响指头,狗就走过来从栏杆间把鼻子凑过来用长舌头舔我的手。

"过来!"我退到后面喊着狗,狗好像有些犹豫地转回头看看后面,不知如何是好地继续摇着尾巴。

"到里面来!我等好久了。"

我从口袋里取出口香糖,把包装纸剥掉让狗看,狗起初一直注视着口香糖,终于下定决心钻过栏杆来。我在狗头上摸了几下,然后用手心把口香糖揉成圆形,朝月台边缘用力丢出去,狗一直线地飞奔过去。

我心满意足地回家。

*

在回程的电车上,我对自己说了好几次,一切都到这里为止,忘了吧!不是因为这个才来到这里的吗?可是怎么忘得了呢?对直子的爱,和她已死的事实,结果没有一件事是结束了的。

*

金星是一个被云层覆盖着的闷热星球。因为热和湿气,居民大部分都早死,甚至能活三十年就要变成传说了。也因为这缘故,他们心中充满了爱,所有的金星人都爱所有的金星人,他们既不恨别人,不羡慕别人,也不轻视别人,不说别人坏话,不杀人,不吵架,有的只是爱情和体贴。

"譬如今天就算有谁死了,我们也不伤心。"

金星生的沉静的男人这么说。"为了补偿这些,我们只好在有生之年尽可能多爱一些,以免将来后悔。"

"你是说提前先爱起来吗?"

"我实在不太清楚你们的用语。"他摇摇头。

"真的能这样称心如意吗?"我试着问道。

"如果不这样的话,"他说,"那么金星岂不要被哀愁埋没了吗?"

*

我回到家,双胞胎正像罐头沙丁鱼一样并排钻在被窝里吃吃地偷笑。

"回来了啊。"一个说。

"到哪里去了?"

"车站哪。"我说着把领带解开,钻进双胞胎中间闭起眼睛。啊!好困。

"哪里的车站?"

"去做什么?"

"很远的车站,去看狗啊。"

"什么样的狗?"

"你喜欢狗啊?"

"白色好大的狗,不过也没那么喜欢。"

我点上一根烟,到我抽完为止,两个人都沉默不语。

"伤心吗?"一个问。

我默默点点头。

"睡吧?"另一个说。

于是我就睡了。

*

这是关于"我"的事,也是一个叫作老鼠的男人的事。那年秋天,"我们"住在一个离市区七十公里之外的地方。

一九七三年九月,这本小说从那时开始。那是入口,我想如果有出口的话该多好,如果没有的话,那么写这文章就毫无意义了。

关于弹珠玩具的诞生

　　首先想得起雷蒙·莫洛尼这人物名字的人恐怕没有。

　　过去曾经有过那么一个人存在,然后死去。只不过是这么回事。关于他的生平谁也不清楚。只有那深井底下的蚊虫或许知道。

　　不过弹珠玩具历史上第一号机在一九三四年,由这位人物手中,拨开技术黄金之云,带到这污秽遍布的地上来,却是历史上的一个事实。而那正好也是当阿道夫·希特勒隔着所谓大西洋这巨大的水洼,正要伸手攀上架往魏玛的梯子的第一段的同一年。

　　话说回来,这位雷蒙·莫洛尼氏的人生,并不像莱特兄弟或马尔科姆·贝尔那样,充满神话的色彩。既没有让人心中暖暖的少年时代的插曲,也没有戏剧性发现的欢呼(eureka)。只有在为那些喜欢特殊趣味的读者所写的特殊趣味专用书的第一页上留有那名字。一九三四年,弹珠玩具的第一号机是由雷蒙·莫洛尼氏所发明的。如此记载,连照片都没登出来,当然也没有肖像,更没有铜像。

关于弹珠玩具的诞生

或许你会这么想：如果没有这位莫洛尼氏存在的话，今天世上弹珠玩具的历史就要完全改观了。不，或许根本不会存在也说不定。如果真是这样，那么我们对莫洛尼氏的不当评价可不是一种忘恩负义的行为吗？但是如果你有机会看到由莫洛尼氏手中完成的弹珠玩具第一号机"巴力夫"的话，这疑问一定会烟消雾散，因为那机器并没有任何足以刺激我们想象力的要素。

弹珠玩具机和希特勒的脚步，具有某种共通点，他们双方都伴着某种可疑性，以时代的泡沫生在这世上，此外他们进化的速度比他们存在本身更获得神话式的灵感。进化有赖三个车轮推动，也就是由技术、资本投入，和人们根源的欲望。

人们以可怕的速度，对这像泥塑人形似的朴素弹珠玩具不断赋予各种能力。有些喊着："发出光来！"有些喊着："通电！"有些喊着："打挥把！"于是光线照出面盘，电气以磁石的力量将弹珠弹出，而挥把的两根棒子则把它弹回去。

得分将玩的人的伎俩以十进位数字换算出来，对过强的摇动则有犯规灯相应。其次又诞生了所谓连续数列（sequence）这形而上学的概念，得奖灯、增加球、重打等各种学派从此产生。而且在这段时期，弹珠玩具机就变成像附上某种咒术性似的了。

1973年的弹珠玩具

*

这是一本有关弹珠玩具的小说。

*

研究弹珠玩具的书《得奖灯》的序文这样写着:

你能从弹珠玩具机获得的东西几乎等于零。只不过是换算成数值的自尊而已。而因此失去的东西却数也数不清。包括可以塑造所有历代大总统铜像那么多的铜币(假定你有意为理查·M.尼克松塑造铜像的话),还有无法复得的宝贵时间。

当你在弹珠玩具机前继续消磨着孤独的同时,可能有人正在继续读着普鲁斯特。或许有人正在露天汽车电影院和女朋友一面看着《大地惊雷》,一面激情地热拥。而他们或许成了洞察时代的作家,或结成幸福恩爱的夫妻。

可是弹珠玩具机却不会带你走上任何地方。只有replay(再来一次)的灯又亮起来而已。replay、replay、replay……简直让你觉得弹珠游戏本身就好像以万劫不复为目的似的。

关于万劫不复我们大部分人都不清楚。不过那影子倒可以推测出来。

弹珠游戏的目的并不在自我表现,而在于自我变革。不在于自我扩大,而在于缩小。不在于分析,而在于总结。

如果你的目的是在于自我表现、自我扩大或分析,那么你一定会从犯规灯那里得到毫不容情的报复。

祝你玩得愉快。(Have a nice game.)

1

当然一定有许多方法可以分辨双胞胎姐妹吧。不过非常遗憾的是我连一样都不知道。不但长相、声音、发型,一切都一样,而且也没有任何痣或胎记,我只好举双手投降。真是完美无瑕的复制品。不但对某种刺激的反应相同,吃的东西、喝的饮料、唱的歌、睡觉时间,甚至生理期都一样。

所谓双胞胎到底是什么样的情况,真是个超越我想象力之外的问题。但是如果我有双胞胎兄弟,而我们两个一切的一切都一样的话,那我想我一定会陷入可怕的混乱中,或许因为我本身有什么问题吧?

可是她们两个却过着极其安稳的日子,当她们发现我居然无法分清她们两个的时候,简直非常地惊讶,甚至非常地愤怒。

"可是我们完全不一样啊!"

"根本就不同嘛!"

我一句话也没说,只耸耸肩。

她们两个进到我的屋子里来以后,到底多少时光流逝了,我也不知道。自从和她们一起生活以来,我内部对时间的感觉,眼看着退化了。那或许正如以细胞分裂进行增殖的生物对时间所抱持的感情吧。

*

我和我的朋友在由涩谷往南平台之间的坡道上租了一间大厦中的房子,开了一家以翻译为业的事务所。资金是由朋友的父亲出的,不过说起来也算不上什么惊人的金额,除了房子押金之外,只买了三张钢制办公桌、十几本字典、电话和半打波本威士忌而已。剩下的钱定做了一个铁制招牌,随便想个名字刻上去挂在门口,在报上登了广告之后,两个人四条腿便架到桌上,一面喝起威士忌,一面等着客人上门,这是七二年春天的事。

经过几个月下来,我们发现居然挖到了丰富的矿脉,惊人数量的委托翻译文件涌进我们狭小的事务所来,而我们以那收入买了空调、冰箱和家庭式酒吧组合。

"我们是成功者了。"朋友这么说。

我满足得心都痛了,有生以来第一次听到有人对我说这样动人心弦的话。

朋友负责跟印刷厂交涉,一手包办所有需要印刷的翻译文件,连回扣都拿了。我则在外语大学召集了几个能力高强的学生,让他们帮忙处理繁杂的初译稿,还请了一个女职员,把一些杂务、行政和联络的事交给她,是一位刚从商校毕业、腿长心细的女孩,除了一天要哼上二十次《Penny Lane》(而且省略一切花腔颤音)之外,实在也没什么缺点。朋友还说这调调啊,才对路呢!所以我们付给她相当于一般公司薪水的百分之一百五十,奖金五个月,夏天、冬天另外给假十天。就这样,我们三人各自心满意足幸福地过着日子。

工作房有2DK(两房带餐厅兼厨房),不过很妙的是餐厅兼厨房夹在两个房间中央。我们用火柴棒抽签,结果我抽到里面的一间,朋友占了前面靠玄关那间,而女孩子则坐在中央的餐厅,一面唱着《Penny Lane》一面整理账簿,做做威士忌加冰块,或喷喷蟑螂药。

我以必要经费买了两个文件橱放在书桌两侧,左侧放还没翻译的,右边堆翻译好的。

文件的种类和委托的主人也真是五花八门。从有关于球轴承的耐压性的《美国科学》记载、一九七二年度全美鸡尾酒年鉴、威廉·斯泰隆的随笔，到安全刮胡刀的说明书等各式各样的文件，我给它们夹上"某月某日截止"的标签，堆积在左边的桌上，经过一段必要时间的处理之后，移到右边。而每完成一件，就喝干一根手指头宽的威士忌。

没有一样需要加以思索的，因为我们这种档次的翻译就有这个优点，左手拿着硬币，啪一声叠到右手上，左手空了，右手留下硬币，不过是这么回事。

十点钟到事务所，四点离开事务所。星期六三个人到附近的迪斯科舞厅，一面喝着珍宝威士忌，一面跟着模仿圣塔纳的乐队跳舞。

收入还不错，公司收入之中扣掉事务所租金、微少的必要经费、女孩子的薪水、工读生的工资，还有税金，剩下来的分为十等份，一份当公司的储蓄，五份他拿，四份我拿。虽然这是一种原始做法，不过在桌上把现金摊开来平分确实是一件开心的工作。令人想起《辛辛那提小子》中史蒂夫·麦奎因和爱德华·罗宾逊玩扑克牌游戏的一幕。

他拿五、我拿四的分配，倒觉得蛮妥当的。经营实务都推给他，而我喝太多威士忌的时候，他也从不抱怨地容忍我。何况朋友有一个病弱的妻子、三岁的儿子，和散热器故障的大众车，所以老是抱怨着开销不够。

"我也要养两个双胞胎女孩。"有一天我试着这样说，当然他是不会相信的。所以依然还是他拿五、我拿四。

关于弹珠玩具的诞生

就这样,我二十五岁前后的季节便如此流逝。如同午后日影一般和平的每一天。

"凡经由人手所写出来的东西,若不能让人了解,则无法存在"是我们以三色印刷的宣传册冠冕堂皇的标题。

半年一次如期来临的可怕空闲期一到,我们三个人就站在涩谷车站前,无聊透顶地散发这宣传册。

到底多少时光溜走了呢?我这样想。在无止境的沉默中我继续走着。工作完毕回到公寓,一面喝着双胞胎泡的香浓咖啡,一面一次又一次地读着《纯粹理性批判》。

有时候,觉得昨天的事像是去年的事,去年的事又觉得像是昨天的事。甚至严重的时候,明年的事也觉得像是昨天的事一样。有时一面翻译着一九七一年九月号的《Esquire》杂志上刊载的肯尼思·泰南的《波兰斯基论》,却一直想着球轴承的事。

好几个月,好几年,我只是独自一人继续坐在深水游泳池里。温暖的水与柔和的光,然后沉默,然后沉默……

*

只有一个办法可以分辨双胞胎。那就是她们穿的长袖运动衫。完全褪了色的海军蓝运动衫的胸前，印着反白的数字，一个是"208"，另一个是"209"。"2"在右边的乳头上，"8"或"9"则在左边的乳头上。"0"正好夹在那中央。

那号码到底意味着什么？我在最初那天问她们两个。她们说什么也不意味。

"好像是机器的制造号码吧。"

"你指什么？"一个问。

"也就是说，像你们这样的人有很多，那208号和209号啊。"

"哪有这回事？"209说。

"我们生下来就只有两个人哪。"208说，"而且这运动衫是领来的噢。"

"在哪里？"我说。

"超级市场的开幕纪念哪，最先到的几个人可以免费赠送的。"

"我是第209个客人哪。"209说。

"我是第208个客人。"208说。

"我们两个买了三包卫生纸噢。"

"OK，那么这样好了。"我说，"我叫你208，叫你209。这样就可以分出来了。"我轮流指着她们。

"没有用啊。"一个说。

"为什么?"

两个人默默脱下运动衫,互相交换后又蒙头套上。

"我是208。"209说。

"我是209。"208说。

我叹了一口气。

虽然如此,我遇到非要区别她们两个不可的时候,还是不得不依赖号码。因为除此之外,简直没有任何方法可以识别她们。

除了那运动衫之外,两个人几乎没有别的衣服。她们大概是在散步途中,走上人家的房间,就那样住下来的。而且实际上大概就是这样。我每次都在一星期开始的时候给她们一点钱,叫她们去买一些必要的东西,可是她们除了必需的食物之外,只会买咖啡和饼干。

"没有衣服不是很麻烦吗?"我试着问道。

"不麻烦哪。"208回答。

"我们对衣服没兴趣。"209说。

每星期一次她们非常爱惜地在浴室洗那长袖运动衫。我在床上读着《纯粹理性批判》,不小心抬起头,看见两个人赤裸地在浴室瓷砖上并排洗着运动衫的姿态。那时候,我真正觉得自己来到了一个遥远的地方。不晓得为什么,自从去年夏天,在游泳池跳板下掉了假牙以来,就经常会有这种感觉。

我工作完毕回来时，朝南的窗边常常可以看见208号和209号的运动衫像旗子一样飘扬着，那时候我眼泪都快掉下来。

*

为什么住进我屋子里来呢？要住到什么时候呢？首先最主要的是你们到底是什么人？年龄呢？生在哪里？……我什么都没问。她们也什么都没说。

我们三个人喝着咖啡，傍晚就到高尔夫球场散步找遗落的球。在床上互相调戏喧闹，每天过着这样的日子。主要的精彩节目是新闻解说，我每天花一个钟头为她们解说新闻。她们两个真是令人惊讶地什么都不知道。连缅甸和澳洲都分不清楚。越南分成两部分正在战争这件事也花了三天才算了解。说明尼克松炮击河内的理由又花了四天。

"你支持哪一边呢？" 208问。

"哪一边？"

"就是南边跟北边啦。" 209说。

"这个嘛，我也不晓得。"

"为什么？" 208问。

"因为我不住在越南哪。"

两个人都对我的答案不以为然。连我自己也难以接受。

"因为想法不同,所以打仗,对吗?" 208又追究。

"也可以这么说。"

"那就是说有两种对立的想法啰?" 208说。

"对呀。不过这地球上有一百二十万种左右的对立想法噢。不,或许还有更多呢!"

"你是说几乎跟谁都不能做朋友啰?" 209说。

"大概吧。"我说,"几乎跟谁都无法变成朋友。"

那是我一九七〇年代的生活模式。陀思妥耶夫斯基预言,而我证实。

2

一九七三年秋,仿佛隐藏着某种恶意的东西,就像鞋子里卡着小石子一样,老鼠可以清楚地感觉到。

那年短促的夏天,就像被九月初不明确的大气波动所吸走似的消失了,而在老鼠心中却还残留着仅有的夏的残影。旧T恤、剪短的牛仔裤、海滩凉鞋……依然没变地穿着这种装束来到"杰氏酒吧",跟坐在吧台后的酒保——杰,面对面一点一点地继续喝着冰得过头的啤酒。五年以来第一次又开始抽起烟,每十五分钟就看一次手表。

对老鼠来说,时光之流逝简直像在某一点上忽然切断了似的,为什么变成这样呢?老鼠也搞不清楚。连切口也没办法找到。手上拿着已经死去的绳索,他在初秋的昏暗中彷徨着。横越过草地,穿过河流,推开一扇又一扇的门。可是已死的绳索却无法引导他到任何地方。像冬天羽翅脱落的苍蝇一样,像面临海洋的河流一样,老鼠只觉无力和孤独。不知什么地方正开始吹着恶风,曾经团团围绕着老鼠的亲密空气,也好像已经吹到地球底层去了似的。

一个季节打开门去了,另一个季节则从另一扇门走进来。人们急急忙忙地开门喊道,喂!请等一下,还有一件事忘了呢。可是那里已经没有任何人,门关上了。屋子里已经端坐着另一个季节,擦亮火柴点起香烟。如果有什么事忘了的话,它说,就说给我听吧!说不定我可以为你传话呢。不,不用了,人们这样说,没什么重要的事。只有风声覆盖了四周,没什么了不起的事,只不过是一个季节已经死了。

*

每年都一样,从秋天到冬天的清冷季节,从大学被赶出来的有钱青年和孤独的中国酒保,就好像年老的夫妇一样,肩并肩地度着日子。

关于弹珠玩具的诞生

秋天总是令人讨厌的季节。夏天之间放假返乡的少数他的朋友,等不及九月到来,就留下短短的告别语,回到他们自身所属的遥远的地方。夏天的光仿佛越过看不见的分水岭,色调微微发生了变化,老鼠的周围,虽然仅有短暂期间包围着的类似灵气一般的光辉也消失了。而且温暖的梦的残影也像细微的河川一般,无影无踪地被吸入秋天沙地的底层。

另一方面,对杰来说,秋天也绝不是一个可喜的季节。因为一到九月中旬以后,店里的客人眼看着减少。虽然往年也都如此,但这年秋天萧条的情况更令人看了心惊。而不管杰或老鼠都不晓得理由何在。即使到了打烊的时间了,用来炸薯条的削好的马铃薯居然还有大半桶剩下来。

"从今以后才要开始忙呢!"老鼠安慰着杰,"然后下次忙不过来的时候,又要抱怨了。"

"谁晓得。"

杰在拿进柜台内的凳子上沉重地坐下,一面用冰块夹的尖端把吐司上的黄油刮落,一面疑惑地这样说。

今后会变成什么样谁也不知道。

老鼠默默地翻着书,杰一面擦着酒瓶,一面用生硬的指法抽起无滤嘴的香烟。

*

对老鼠来说,时光之流逝的均质性一点一滴地丧失是从三年多前开始的。从大学退下来的那个春天。

老鼠离开大学当然有几个理由,而那几个理由在互相纠缠下达到某种温度时,导火线终于发出声音爆开了,于是有些东西留下来,有些东西迸裂飞散,有些东西死了。

放弃念大学的理由没有向任何人说明。如果要详细说明的话,恐怕要花上五个钟头吧。而且如果对某一个说了,或许其他的人也会想听,不久就会落到必须对全世界说明的地步。光想到这里,老鼠已经打从心底觉得厌烦。

"因为看不惯中庭除草的方式。"碰到非得说明一点什么的时候就这样说。说真的居然有女孩子因此而去观察中庭的草皮呢。也没那么坏呀,她说,虽然是有一些纸屑散落在草地上,不过……这是偏好问题,老鼠说。

"我这边跟学校那边都没办法互相喜欢哪。"心情多少轻松一点的时候,也曾经这样说过。然后就不再说下去了。

这已经是三年前的事了。

随着时光流逝,一切也都成为过去了。那几乎快得难以令人相信。

而且有一段时期,曾经使他激烈地起伏的几度感情激流也急速地褪色,化为毫无意义的古老梦境似的变形了。

老鼠进大学那年便离开家,搬进他父亲曾经用来当书房的大厦中的一个套房。双亲也没有反对。本来就打算要买给这儿子的,而且觉得让他一个人生活吃点苦头也不是坏事。

其实那在谁怎么看来都不能算是吃苦。就像香瓜不会看成青菜一样清楚。套房是设计得宽敞舒适的2DK附空调、电话、十七寸彩色电视、有莲蓬头沐浴的浴室、收纳着凯旋(Triumph)汽车的地下停车场,况且还附有可以日光浴的理想而潇洒的阳台。从朝东南方最高楼的窗口还可以一望无际地眺望街容和海景。两边的窗子一打开,浓郁的树香和野鸟叫声便随着风吹进来。

安详宁静的午后时光,老鼠就在藤椅上度过,漫不经心地闭着眼睛,可以感觉到和缓如水的时间从他身边流过。好几个钟头、好几天、好几星期,老鼠就如此模样地继续送走时光。

偶尔也曾想起几个微小的感情之波,在他心中荡漾着。那时候老鼠就闭起眼睛,把心紧紧地关闭着,静静等候那波浪过去。那是夕暮来临之前短暂的昏暗时分。波浪起伏过去之后,简直就像什么也不曾发生过似的,往常那轻悄的平稳又再度来造访他。

3

除了来推销报纸的人之外,会来敲我门的人简直没有,所以既没开过门,连应声回答也没有过。

可是那个礼拜天早晨的访问者,却连着敲了三十五次门。没办法只好半闭着眼睛从床上爬起来,一面斜靠着门一面把门打开。一位穿着灰色工作服四十开外的男人,像抱一只小狗似的手捧一顶安全帽站在走廊下。

"我是电信局来的。"男人说,"要换配电盘。"

我点点头。不管怎么刮还是永远刮不干净的黑脸男人,连眼睛下面都长了胡子,看起来怪可怜的样子。不过,总之我困死了,因为跟双胞胎一直玩西洋双陆棋玩到早上四点。

"下午来可以吗?"

"不现在换的话有麻烦喏。"

"为什么?"

男人从贴在大腿外侧的口袋里,摸摸索索地找出一本黑记事本来给我看。"一天份的工作已经固定了,这一区做完了马上又要移到别的区,你看!"

我从反方向探头看了一下,确实这一区只剩下这一间公寓了。

"到底是什么样的工程?"

"很简单的,只要把配电盘取出来,线切断,接上新的,这样而已。只要十分钟就够了。"

我想了一下,还是摇摇头。

"现在这个没什么不方便哪。"

"现在的是老式的啊。"

"老式的也没关系呀。"

"先生,请听我说好吗?"男人说着考虑了一下,"问题不在这里呀,这会给大家带来很大的麻烦的啦。"

"怎么说呢?"

"配电盘都跟本公司的大电脑接在一起哟,如果只有府上的跟别人的发出不同的信号,那麻烦可就大了啊。你懂吗?"

"我懂。硬件和软件统一的问题吧。"

"既然你懂的话,就让我换一下好吗?"

我只好不再坚持地把门打开,让男人进来。

"可是为什么配电盘会在我房间里呢?"我试着这样问他,"不是应该在管理员室或别的什么地方吗?"

"一般来说是这样的。"男人一面说着一面在厨房墙上仔细地检查寻找配电盘,"不过啊,大家都觉得配电盘很碍事,因为平常又不用,而且体积又大。"

我点点头。男人只穿着袜子站到厨房的椅子上往天花板找。可是什么也没找到。

"简直像寻宝一样,大家都把配电盘扔进想都想不到的地方啊,真可怜。可是屋子里偏偏摆一些大而无当的钢琴啊,洋娃娃柜子之类的摆饰,真奇怪啊。"

我很同意。男人放弃了厨房,一面摇摇头,一面穿过房间把门打开。

"就拿我上次去的大厦来说吧,那配电盘哪真可怜,你猜摆在什么地方?连我都……"

男人说到这里忽然吞了一口气,因为房间角落里放着巨大的床,双胞胎正并排躺在床上,中间只留着我的空间,把毛毯拉到肩膀只露出头来。工人呆呆地十五秒之间说不出话来,双胞胎也沉默着,所以没办法只好由我来打破沉默。

"喂!这位是做电话工程的人。"

"你好。"右边的说。

"辛苦了。"左边的说。

"噢……你们好。"施工的人说。

"他来换配电盘。"我说。

"配电盘?"

"那是什么?"

"控制电话回路的机器呀。"

搞不懂。两个人都说。于是我把剩下的说明让给施工的人来。

"嗯……也就是说,好多条电话的路线集中在这里。怎么说呢,比方说有一只母狗,下面跟着好几只小狗噢,这样懂了吗?"

"?"

"不懂啊。"

"嗯……然后那只母狗啊要养那几只小狗……如果母狗死了的话,小狗也会死掉,就是这么回事,所以母狗快要死的时候,我们就要换一只新的母狗啊。"

"哇好棒!"

"不得了。"

我也好感动。

"就因为这个原因,今天来到府上,各位正在睡觉真不好意思。"

"没关系呀。"

"请你务必帮我们看看。"

男人总算舒了一口气似的拿起毛巾擦汗,环视了房间一周。

"那么不得不再来找配电盘啰。"

"根本不必找嘛。"右边的说。

"在壁橱里,把板子拆下来吧!"左边的说。

我非常惊讶。"喂!你们怎么知道的?连我都不知道啊。"

"不是说配电盘吗?"

"蛮有名的嘛。"

"真被你们弄迷糊了。"工人说道。

*

十分钟左右施工就完成了。那期间双胞胎头靠着头一面说着悄悄话,一面咯咯咯偷笑着。使得男人好几次配线都没弄好。施工完了之后,双胞胎在床上摸摸索索地把运动衫和牛仔裤穿上后,就到厨房帮大家泡咖啡。

我把以前剩下来的丹麦夹心饼干拿来请工程人员,他非常高兴地接过去,就着咖啡一起吃。

"对不起,我从早上到现在还没吃东西呢。"

"你没有太太吗?"208问道。

"不,有啊,不过礼拜天早上她不肯起来。"

"那真可怜。"209说。

"我也不喜欢在礼拜天工作啊。"

"要吃煮蛋吗?"我也觉得怪可怜地问起来。

"噢不用了。那太过意不去了。"

"不麻烦哪。"我说,"反正大家的份一起做啊。"

"好吧!那就不客气了,煮半熟就好……"

一面剥着蛋,男人一面继续说:

"我也已经到各家跑了二十一年了,像今天这样倒是第一次。"

"你指什么?"我问。

"就是说,嗯……跟双胞胎女人一起睡觉的人哪。噢,先生你一定非常辛苦吧?"

"也没什么啊。"我一面啜着第二杯咖啡一面说。

"真的?"

"真的啊。"

"他很行噢。"208说。

"跟野兽一样。"209说。

"真被你们弄迷糊了。"男人说。

*

我想他真的被弄糊涂了,连旧的配电盘都忘了带走就是一个证据。或者那是当作早餐的谢礼也说不定。总之双胞胎一整天就在玩那个配电盘。一下说那个该是母狗,那些地方算是小狗,你一言我一语地胡说八道一番。

我没有理会她们,下午一直继续做着我带回来翻译的工作。帮忙翻译初稿的工读生正在考试期间,所以我的工作堆积如山,虽然还算翻得蛮顺利的,可是过了三点之后,就像电池快用完了一样,速度开始降下来,四点的时候一切都死灭了,连一行都无法进行。

我放弃工作,两肘支在铺了玻璃垫的桌上,朝天花板喷烟,烟雾在午后微弱的光线中,缓缓地像灵媒渗出的外质(ectoplasm)似的彷徨着。玻璃垫下夹着从银行领来的小月历,一九七三年九月……简直就像做梦。一九七三年,从来也没考虑过到底有这样的一年存在吗?想到这里,不知为什么觉得极端的怪异。

"怎么了?" 208 问。

"好像很累的样子噢,要不要喝咖啡?"

两个人点个头走向厨房,一个咔啦咔啦地碾咖啡豆,一个烧开水温杯子。我们在窗子边的地板上排成一排坐下来,喝热咖啡。

"翻得不顺利吗?"209问道。

"好像是。"我说。

"一直虚弱下去了。"208说。

"你说什么?"

"配电盘哪。"

"母狗。"

我打从肚子底下叹出一口气。"你们真的这样想?"

两个人点点头。

"快要死掉了噢。"

"对呀。"

"那你们想怎么办才好呢?"

两个人摇摇头。

"不晓得啊。"

我默默抽着烟。"要不要到高尔夫球场去散散步?今天是礼拜天,或许有不少遗落的球。"

我们玩完一个钟头左右的西洋双陆棋之后,就跨进高尔夫球场的铁丝网,在没有一个人的黄昏夕暮下,沿着高尔夫球道走着。我用口哨吹了两次米尔翠·贝莉的《It's So Peaceful in the Country》。两个人便夸奖道:好好听的曲子啊。不过遗落的球倒是一个也没捡到。居然也有这样的日子。一定是全东京的单打球员都集合起来了,不然就是高尔夫球场开始饲养专门找球的英国猎犬了。我们无精打采地回到屋里。

4

无人的灯塔,在转了几个弯的长长的堤岸尖端站立着,大约三米高,并不怎么大。在海水开始被污染,沿岸的鱼完全消失无踪以前,曾有几只船利用过这灯塔。算不上是个港口,只有在海边架构起像铁道枕木一样简单的木栅,渔夫们就用绞车拉绳子,把渔船拉靠上岸,大约有三间渔家住在海边,趁着早晨在防波堤内把捕获的小鱼装进木箱里晒干。

一来因为鱼消失了,一来因为住宅区里居民似乎不太希望有渔村夹在里面,而且渔夫们在海边搭盖的小屋,也本来就属于市有地的非法占用违章建筑,因为这三个理由,渔夫们便离开这地方了。这是一九六二年的事。至于他们到何处去了也就不得而知。三间小屋完全荒废了,而腐朽化的渔船,既没有用,也没地方丢,就搁在沙滩的树林间,变成孩子们玩游戏的地方。

渔船消失后,利用灯塔的船只,说来顶多也只有一些在沿岸打转的

关于弹珠玩具的诞生

帆船游艇,以及遇到浓雾或台风时来避一避的港外停泊中的货船。就这样,或许也只能发挥一点什么作用的程度而已吧。

这灯塔粗短而黑,就好像把钟蒙起头倒扣了一样。也好像是一个正在沉思中的男人的背影。日落后,夕阳余晖中青光流转时,钟的把手部分,便亮起橘红色的灯光,那光慢慢开始转动。灯塔经常都能在黄昏夕暮中正确地捕捉住那一点,无论晚霞满天时,或暗雾迷蒙中,灯塔所捕捉的瞬间经常是相同的。光明与黑暗互相混合,就在黑暗快要超越光明的那一瞬间。

少年时代,老鼠为了在夕暮中眺望那瞬间的交替,不知到过这海边多少次。海浪不高的午后,一面数着堤上古老的砌石,一面步向灯塔。也可以从清澈的海面看到初秋时分的小鱼群,它们像在追寻什么似的,在堤岸边绕着圈子然后才游到浪里去。

终于走到灯塔前,在堤岸尖端坐下来,慢慢眺望着四周。天空流着几丝像用毛刷梳过的细云,一望无际的满满清一色的蓝,蓝得没有底的深,那深度使这少年禁不住两腿发抖,一种类似害怕的抖颤。海潮的香气、风的颜色,一切都鲜明得令人讶异。他花了很长的时间,把周遭的风景一点一滴地染遍心里,然后才慢慢地回过头。这次则眺望那完全被海所阻隔的他自己所属的世界。白色的沙滩和防波堤、绿色的松林像被推倒压扁了似的低低地扩展开,而那背后蓝黑色的山岭,朝向天空清晰地排列着。

左边远方有一个巨大的港，可以看见好几辆起重机、浮船坞、箱子般的仓库、货船、高层大厦之类的东西。右边沿着向内侧弯曲的海岸线，则有宁静的住宅区、游艇港和酿酒公司的古老仓库连续着，这些告一段落之后，接下去是工业地带球形的储藏槽和成排的高烟囱，那白色排烟迷蒙地笼罩着天空。而那对于十岁的老鼠来说，就算是世界的尽头了。

几度从春天到初秋，老鼠整个少年时代不知到过那灯塔多少次。浪高的日子浪花溅洗他的脚，风在头上呼号，长了青苔的石板路好几次都使他的小脚滑跤。虽然如此，通往灯塔的路，对他来说仍然是比什么都亲切的地方。坐在堤岸尖端，侧耳细听海潮的声音，眺望天空的云或海里的小鯵鱼群，伸手从口袋里摸出预先装满的小石头就往海面扔。

晚霞开始笼罩天空的时候，他又沿着同一条路回到他自己的世界去，而在归程中，一种无从捉摸的哀愁总是淹没了他的心。因为前方等着他去的那个世界，实在太宽阔，而且太强大了，让他觉得好像没有一个多余的地方可以让他潜进去似的。

女人的家就在堤岸附近。老鼠每次去她那里时，就会忆起少年时期模糊的情绪和黄昏的气息。在滨海道路上把车停下，穿过沙地上并排防沙用的稀疏松林,脚下便发出沙石干干的声音。

公寓就盖在以前渔夫小屋的附近。是一片只要往下挖几米就会涌出赤褐色海水似的土地。公寓前庭种的美人蕉好像被踏过似的东倒西歪。女人的房子在二楼,风大的日子细沙啪哒啪哒地敲在玻璃窗上。虽说是一间朝南的雅致公寓,却莫名地飘着阴郁的空气。女人说是因为海的原因,太近了嘛!海潮的气息、风、浪的声音、鱼的气味……一切的一切都是啊。

没有鱼的气味呀,老鼠说。

有啊!女人说。然后把绳子一拉,百叶窗帘便啪一声关起来。你只要住在这里就知道了。

沙敲打着窗子。

5

我学生时代住的公寓,没一个人有电话。连橡皮擦是不是有一块都很难说。管理员室前面有一张从附近小学淘汰下来的低矮桌子,那上面摆着一个粉红色的电话,而那就是整个公寓里唯一的电话了。因此没有任何人注意到配电盘的事,那是个和平时代的和平世界。

因为经验证明管理员从来不会守在管理员室里,所以每次电话一响,就必须由某个住户去把听筒拿起来听,再跑去喊人。当然不高兴的时候(尤其是半夜两点之类的)谁也不会去接。电话就像一只预感着死亡将临的大象一样,疯狂地号叫好几声(三十二声是我算过最高的次数),然后死去。死去这字眼完全同文字所写的。铃声的最后一响冲破公寓长长的走廊,然后被黑暗吸进去,突然四周一片死寂,实在是怪恐怖的沉寂。每个人都躲在棉被里暂停呼吸,想着已经死去的电话。

深更半夜的电话每次总是黑暗的电话,有人把听筒拿起来,然后开始小声说。

"别再提这件事了……不是啦,不是这样……可是一点办法都没有,对吗?……没骗你呀。我为什么要说谎?……没有,只是累了……我当然觉得不对呀……所以呀……好了,我知道了,所以请你让我考虑考虑好吗?……电话里面说不清楚啦……"

好像每个人都满满抱着好多烦恼似的。烦恼像雨一样从天上降下来,而我们疯狂地把它们捡集起来,拼命往口袋里塞。为什么会那样做?到现在都还弄不清楚,是不是跟别的什么东西搞错了呢?

也有电报来过。半夜四点左右公寓门外停下一部脚踏车,粗暴的脚步声响亮地穿过走廊,然后在某个人的房门上用拳头敲着,那声音老是使我想起死神的到来。咚、咚。好几个人的生命断绝,头脑疯狂,把

关于弹珠玩具的诞生

自己的心理进时光的沉淀里,任身体在漫无边际的思绪中焦虑,互相给对方添麻烦。一九七〇年,就是那样的一年。如果人真的是一种生来就该以辩论法自我抬举的生物的话,那一年确实也是教训的一年。

*

我住在一楼管理员室的隔壁房间,而那位长头发的少女则住二楼楼梯边。要说电话打来次数最多的,她是全公寓的冠军,结果我只好倒霉地在那滑溜溜的十五段阶梯之间,往返数千次之多。实在是有各式各样的电话打来找她。有彬彬有礼的声音,有事务性的声音,有悲伤的声音,有傲慢的声音。而那些各种不同的声音都告诉我她的名字,可是我已经完全把她的名字忘得一干二净,只记得是个平凡得令人伤心的名字。

她总是对着听筒,以低低的、累得要命的声音说话。几乎全都听不清楚的喃喃声。脸长得是蛮漂亮的,只是总带一点阴郁的感觉。有时候在走道上擦身而过,却从来没有开过口,简直像在深奥的热带丛林的小径上骑着白象往前走一样,她以那种脸色走过。

*

她在那公寓住了大约半年,从秋初到冬末的那半年。

我拿起听筒,走上楼梯,在她房门上敲敲,叫一声你的电话噢,隔一会儿,她说谢谢。除了谢谢以外,没听到过别的任何字眼。不过我除了说你的电话噢之外,倒也没说过别的任何字眼就是了。

对我来说那也是一个孤独的季节。每次回到家把衣服一脱,体内的骨头就像要穿破皮肤飞出来一样。存在我内部一种莫可知的力量继续往错误的方向进行,使我觉得像要把我带进一个不知道在哪里的另一个世界似的。

电话响了,于是这样想:不晓得谁要对谁说什么了。至于打给我的电话则几乎没有。没有任何一个人要对我说什么,至少有人想到我或许有话想说而打过来问一下吧,也没有。

每个人或多或少,都开始顺着自己的体系生活着,而那跟我的如果相差太远则令我生气,可是和我太像又令我悲伤,只是这么回事。

*

我最后一次帮她接电话,是那个冬天的末尾。三月初晴空万里的星期六早晨。说是早晨也已经十点左右了,阳光在狭小房间的每一个角落,投入透明的冬天的明亮。我脑子里一面恍惚地听着铃响,一面从床边窗口往外眺望着卷心菜园。黑色的泥土上,融剩的残雪,像水洼似的零散地发着白光,那是最后一次寒流所留下的最后的雪。

关于弹珠玩具的诞生

铃声响了大概有十次,谁也没去接就那样停了。然而隔了五分钟以后,又再开始响起来。我有点不耐烦地在睡衣上披一件毛衣,打开门去接电话。

"请问……在吗?"男人的声音说。没什么抑扬、没什么特点的声音。我随便回答之后,慢慢走上楼梯,敲了她的房门。

"你的电话噢!"

"……谢谢。"

我回到房间,往床上一躺,望着天花板。听见她下楼梯的声音,然后是那惯常的呢喃低语。对她来说那算是非常短的电话,大概十五秒左右吧。听得见放下听筒的声音,然后沉默覆盖了四周,连脚步声都听不见。

过了一段时间,一阵缓慢的脚步声向我房间接近,然后门被敲响,各两声,中间夹着一次深呼吸的时间。

打开门,她穿一件白色厚厚的套头毛衣和蓝牛仔裤站在门口,那一瞬间我感觉到自己大概帮她接了一通不该接的错误电话,不过她什么也没说,两只手紧紧地合抱在胸前,一面轻轻发抖一面注视着我。简直像从救生艇上看着即将沉下水里的船一样的眼神。不,或许是相反吧。

"可以进来吗?冷得要命哪。"

我还没搞清楚是怎么回事，就让她进到里面把门关上。她坐在瓦斯暖炉前面，一面暖着双手，一面转头看看房间。

"你房间简直什么都没有嘛！"

我点点头，完全没有什么。只有窗子边摆的一张床而已。说是单人床嫌太大，说是中型双人床又嫌太小。反正，那床也不是我买的，是朋友给的。并不是怎么亲密的朋友，为什么会把床给我，真是无法想象。几乎连话都没说过的人。他是一个有钱人的儿子，在大学中庭里挨别组的家伙揍了，被工作鞋踢到脸上，眼睛弄坏了于是休学。我带他到大学医务室去的途中，他一直抽肩哭泣，所以搞得我好厌烦。几天以后，他说，我要回乡下去了。于是就把床送给我。

"有没有什么热的东西可以喝？"她说。我摇摇头：什么也没有。咖啡、红茶、番茶都没有，连开水壶也没有。只有一个小锅子，我每天早晨用那烧开水刮胡子。她叹了一口气站起来，说一声等一下，就走出房间，五分钟后两手抱着一个纸箱又回来。箱子里装了半年份的红茶包和绿茶，两袋饼干、砂糖、茶壶、一整套餐具，还有两个画着史努比漫画的平底大玻璃杯。她把那个纸箱沉甸甸地放在床上，就用茶壶煮起开水。

"你到底是怎么过日子的？简直像《鲁滨逊漂流记》一样嘛！"

"才没有那么愉快呢。"

"我想也是。"

我们默默地喝着红茶。

"这些全部送给你。"

我吓一跳,被红茶呛住了。"为什么给我?"

"谢谢你帮我接了那么多次的电话啊。"

"可是你自己也要用啊。"

她摇了好几次头。"我明天就要搬家,所以什么都不需要了。"

我沉默地思考着事情的转变,可是她到底发生了什么事,我实在无法想象。

"是好事,还是坏事?"

"应该算是不怎么好吧,因为我要休学回乡下去了。"

照着满屋子的冬天的阳光阴暗下来,然后又再亮起来。

"至于什么事情我想你大概不想问吧?要是我就不问,因为如果留下不好的回忆,就不愿意去用那个人的餐具了。"

第二天从一早就开始下着冷雨。虽然是细细的雨,却淋透了我的雨衣,弄湿了毛衣。我手上拿的大型皮箱、她手上拿的旅行箱和肩上背的皮包,全都淋得黑黑湿湿的。计程车司机还不高兴地说,不要放在椅子上好不好?车子里的空气因为暖气和香烟而让人觉得好闷,车上收音机正喧闹地播放着古老的艳歌。差不多像跳上式汽车转向指示器一样古老的歌。叶子掉落后的杂木林，简直像海底的珊瑚一样，在道路两旁伸展着湿湿的枝干。

"从第一次看见到现在，东京的景色就没办法让我喜欢。"

"哦？"

"泥土太黑，河流太脏，又没有山……你觉得呢？"

"我还从来没有注意过风景呢。"

她叹了一口气笑着说："那你一定可以留下来活得很好。"

到车站把行李放在月台上的时候，她对我说："谢谢你帮了我很多忙。"

"到这里我就可以一个人回去了。"

"你要回到哪里？"

"非常北边的地方。"

"一定很冷吧？"

"没关系，已经习惯了。"

电车开始发动以后，她从窗里挥着手。我也把手举到耳朵边，等到电车消失以后，我困扰着不知该把手放到哪里好，只好就那样插进了雨衣口袋里。

雨一直继续下到天黑，我在附近的酒店买了两瓶啤酒，倒进她送的玻璃杯里喝起来。全身冷得像冻进骨髓里似的。那玻璃杯上描绘着史努比和糊涂塌克愉快地在小狗屋上游戏的漫画,那上面框着这么一句话——

"幸福,是有温暖的伙伴。"

*

双胞胎沉沉地睡着以后,我却醒过来。凌晨三点钟。亮得有点不自然的秋月从厕所的窗子可以看见。我坐在厨房水槽边上,喝了两杯自来水,并在瓦斯炉上把香烟点着。被明月照亮的高尔夫球场草坪上,几千只的秋虫正层层叠叠地继续鸣叫不休。

我顺手拿起立在水槽旁的配电盘,频频检视着。不管怎么翻来覆去地看,也只不过是一块脏兮兮而无意义的板子而已。我索性把它放回原来的地方,拂掉手上沾的灰尘,又吸了一口烟。月光下看起来任何东西都发青,觉得任何东西都好像没有价值,没有意义,也没有方向。连影子都不明确。我把香烟在水槽按熄,马上又点起第二根。

要到什么地方去,我才能够找到属于我自己的地方呢?例如那里?双座鱼雷轰炸机是我花了很长的时间思考之后所想到唯一的场所。不过那也是个傻念头,首先鱼雷轰炸机这玩意儿,已经变成三十年前落伍的老古董了。

我回到床上,钻进双胞胎之间。双胞胎各自把身体缩弯起来,头朝床的外侧,发出沉睡的鼻息,我盖上毯子望着天花板。

6

女人把浴室的门关上,然后听得见用莲蓬头沐浴的声音。

老鼠起来坐在床单上,情绪还没收拾稳当,就在嘴上含了一根烟,开始找打火机。桌上没有,裤袋里没有。连一根火柴都没有。女人的皮包里也没有任何可以点火的东西。没办法只好把房间的灯打开,从桌子抽屉角落里摸索出一个不知道印着什么餐厅名字的旧纸火柴,把烟点上。

窗边的藤椅上,整齐地叠着她的丝袜和内衣,而椅背上则披挂着缝工精致的芥末黄色连衣裙。床边的桌上排列着不是很新但保养很好的巴葛杰利(La Bagagerie)肩带皮包和小型手表。

老鼠在对面藤椅上坐下,含着烟恍惚地望着窗外。

从他建在山腰上的公寓可以清晰地瞭望黑暗中杂然错散着的人们的营生。有时老鼠双手插腰,就像站在下坡球道上的高尔夫选手似的,可以一连好几个钟头,集中意识眺望着那样的风景。一面眼看着山坡上人家错落的灯火，一面脚底慢慢往下走。有黑暗的森林、小小的山丘，有几处地方白色水银灯照出私家游泳池的水面反光。坡面的斜度终于减弱下来的地方，有一条像跟地表结合在一起的光带似的高速公路蛇行着，越过那里一直到海的一公里左右，则被平板的街容占据着。然后是黑暗的海，海和天的暗影区分不明地融合起来。在那黑暗之中，灯塔的橘红色光，浮现，又消失。而一条幽暗的水路笔直地贯穿其间，将这些清晰的断层切开。

那是河。

*

老鼠第一次跟她见面，是天空还残留一些夏日最后余晖的九月初。

老鼠在报纸地方版上每周刊登的旧货买卖栏里，从婴儿车、灵格风、儿童用脚踏车之间，发现了打字机。打电话过去，一个女人接的，以事务性的声音说明用了一年，还有一年保修，不能分期付款，而且希望自己去拿。商谈成功，老鼠开车到女人的公寓去，给了钱，把打字机拿回来，几乎花了夏天所做的一件小差事赚来的等额代价。

身材苗条个子小小的女人，穿一件无袖雅致的连衣裙。门口排列着各种形形色色的观叶植物盆栽。容貌端正，头发扎在后面，年龄看不出来，说是二十二到二十八岁之间，谁都会相信。

三天后打电话来，她说有打字机色带半打左右，如果要的话，请来拿。老鼠去拿时顺便请她到杰氏酒吧，为了谢她的色带，请她喝了好几杯的鸡尾酒。话倒是没有谈得太多。

第三次碰面是在那四天后，地方在市区某个室内游泳池。老鼠送她回公寓，然后睡在那里。为什么会变成那样，老鼠也搞不清楚。连哪一方主动都记不得了，就像空气的流动那么回事吧。

几天过后，跟她的关系，就像钉进他日常生活中的柔软的楔子一样，那种存在感逐渐在老鼠体内膨胀。虽是一点一滴的，却真有什么冲撞着老鼠。每次回想起女人细瘦的手臂拥抱着他的身体时，老鼠心中便觉得长久以来已经遗忘的类似温柔的东西在逐渐扩展开来。

确实她有她的小世界，看起来像在努力建立起某种完美的东西。而老鼠也知道这种努力不是寻常的。她经常穿着甚至不起眼却品味良好的连衣裙，清清爽爽的内衣，身上擦的香水飘着像清晨葡萄园的香气，说起话来总是慎重地选择巧妙的话语，从不问多余的问题，微笑的样子就像已经对着镜子练习过很多次似的。这些一一都让老鼠心中感到些微的悲伤。见了几次面之后，老鼠终于料定她的年龄该是二十七，而居然一岁不差地被他料中。

乳房小小的，没有多余的赘肉，纤细的身子晒得很漂亮，不过那晒法看来并不是刻意去晒的。突出的颊骨和薄薄的嘴唇，让人觉得教养良好而意志坚强,可是任何一点微小的表情变化使整体动摇起来时,却又显出内心一无防备的纯真。

从美术大学建筑系毕业后,就在设计事务所工作,她说。生在哪里呢?不在这里。大学毕业以后才到这里来的。每星期到游泳池游一次泳。礼拜天晚上搭电车去练中提琴。

每周一次,星期六晚上,两人见面。然后星期天老鼠心情茫然地度过一天,她则弹她的莫扎特。

7

因为感冒休息了三天,于是工作堆积如山,嘴巴干干涩涩的,全身觉得像被砂纸磨过似的。宣传册、文件、小册子和杂志在桌子四周像蚂蚁冢似的堆积起来。合伙人跑过来,对我含含糊糊地说了几句像是问候的话之后,就又回到自己房间去。处理事务的女孩子就跟往常一样,把热咖啡和两个面包卷放在桌上,影子就消失了。因为忘了买香烟,跟合伙人要了一包七星,把滤嘴折掉,从相反一边点起火来抽。天空模糊不清地阴着,搞不清到哪里是空气,从哪里开始是云。周遭散发着一股像在烧湿湿的落叶似的气味。或许那也因为发烧的关系吧。

  我深呼吸一下，开始动手令眼前的蚂蚁冢分崩。全部都盖着"最急件"的橡皮章，那下面还用红签字笔注明期限。幸亏"最急件"的蚂蚁冢终于只剩下一件。而且更幸运的是已经没有两三天内截止的东西。都剩一些一星期到两星期期限的，只要把一半转给翻译初稿的人，大概就可以顺利理清了。我把每一册拿起来，按照整理顺序试着把这些文件重新变换堆积起来。因此蚂蚁冢比先前的形状更不安定。就像报纸某一面刊登的按性别年龄划分内阁支持率图表一样的形状。而且不只是形状，那内容也着实配合得令人心跳。

① 查尔斯·蓝根　著
- 《科学询问箱》动物篇
- 从 P68《猫为什么要洗脸》到 P89《熊捕鱼的方法》
- 十月十二日前必须完成

② 美国护理协会　编
- 《与致死患者的对话》
- 全十六页
- 十月十九日前必须完成

③法兰克·德西特·朱尼亚 著

- 《作家的病迹》第三章《得花粉病的作家们》。
- 全二十三页
- 十月二十三日必须完成

④鲁内·克雷尔 作

- 《意大利的草帽》(英语版剧本)
- 全三十九页
- 十月二十六日前必须完成

委托人的名字却没注明,实在太令人遗憾了。因为这就没办法知道到底是谁,为了什么理由,想要翻译这些文件(而且还是最急件)。说不定一只熊正站在河边,一心等待着我的翻译呢。或者有哪位护士正面对一位临死者,一句话都说不出来地继续等着也说不定。

我把手上拿着正在洗脸的猫的照片丢在桌上,开始喝咖啡,吃了一个味道像纸黏土一样的面包卷。头脑虽然有几分清醒过来,可是手脚末端还留着发烧的麻木感。我从桌子抽屉拿出登山刀,花了很长时间,把F铅笔细心地削了六支,然后才慢吞吞地开始埋头工作。

一面听录音带播出古老的斯坦·盖茨,一面工作到中午。斯坦·盖茨、阿尔·黑格、吉米·雷尼、泰迪·科提克（Teddy Kotick）、泰尼·卡恩（Tiny Kahn），这最棒的乐队演奏《Jumping with Symphony Sid》，我跟着录音带播出的盖茨主奏全部用口哨吹完后，心情就好太多了。

中午休息时间走出了大楼，往下坡路走了约五分钟，到一家拥挤的餐厅里，吃炸鱼，又在汉堡摊子站着连续喝了两杯橘子水。然后顺便到宠物店，从玻璃缝里伸手指进去，跟阿比西尼亚猫玩了大约十分钟。就如平常每天的午休一样。

回到办公室恍惚地望着报纸一直到时钟指向一点为止。然后为下午，又重新再一次削了六支铅笔，把七星香烟剩下的滤嘴全部折掉排在桌面上。女孩子送来一杯热热的日本茶。

"觉得怎么样了？"

"还不错。"

"工作情况呢？"

"好得不能再好！"

天空还是浑浑的阴着，比起中午以前，那灰色好像又浓重了一些。从窗口探头出去，就有些微下雨的预感。几只秋鸟横掠过天空。轰——都市特有的混沌声音（地铁列车、烤汉堡的声音、高架道路行车的声音、汽车门开开关关的声音，这些无数声音的组合）掩盖了四周。

关于弹珠玩具的诞生

我把窗子关上,一面听查理·帕克的《Just Friends》,一面开始翻译"候鸟什么时候睡觉"这一项。

四点工作完毕,把一天份的原稿交给女孩子便走出事务所。没有拿伞,而是把一直放在事务所的薄雨衣穿上。在车站买了晚报,挤进电车里摇晃了一个小时左右。连电车里面都有雨的气味,不过雨却还一滴也没下。

在站前超级市场买好晚餐的食物时,雨才开始下起来。虽然是眼睛几乎看不出来的细雨,不过脚底下的道路已经渐渐转变成雨湿的灰色。我确定了一下巴士的时刻后便走进附近一家咖啡店喝咖啡。咖啡店里挤满了人,在那里面才又闻到真正的雨的气味,女服务生的衬衫上、咖啡里,都是雨的气味。

围着巴士站四周的街灯,在夕暮中一点一滴地开始亮起来,在那之间,好几辆巴士就像在溪流里上下游动的巨大鳟鱼似的往来着。巴士里挤进满满一车下班的人,学生和主妇,一辆一辆消失在薄暮中。牵着黑黑的德国牧羊犬的中年女人从窗外横越而过。几个小学生一面在地面砰砰砰地拍着皮球一面走过。我熄掉第五根烟,喝掉已经冷了的最后一口咖啡。

然后凝神注视映在玻璃窗上自己的脸,大概因为发烧,眼睛有一点下陷,唉!算了。下午五点半的胡子使我的脸看来有点发黑,这也罢了,问题是这看起来一点也不像是我的脸啊!好像偶尔碰巧坐在上下班电车对面位子上二十四岁的某个男人的脸,我的脸、我的心,对任何人来说,都只不过是一具毫无意义的死尸,我的心跟某个人的心相擦而过,于是我说,嗨!对方也答一声,嗨!只不过如此而已,谁也没把手举起来,谁也没有再回过头来看看。

如果我在两边耳朵洞里插上栀子花,两只手的指头上戴上蹼爪,或许有几个人会回头也说不定,但也不过如此而已,只要再往前走三步,谁都会又忘得一干二净。他们的眼睛什么也没看进去,而我的眼睛也一样,我觉得自己好像变成空心了似的,也许再也无法给予任何人什么了。

*

双胞胎在等着我。

我把超级市场的茶色纸袋交给不晓得其中的哪一个,嘴巴含着还着火的香烟便走进浴室,不打肥皂就一面冲着淋浴,一面恍惚地看着贴了瓷砖的墙壁,电灯没开的昏暗浴室的墙上,有什么在徘徊而后消失,那是我再也摸不着、再也唤不回的影子。

我于是就那样走出浴室,用毛巾擦干身体倒在床上。刚洗过晒干的珊瑚蓝色床单,一丝皱纹都没有,我一面对着天花板抽烟,一面脑子里想着一天所发生的事。在那之间,双胞胎则在切菜、炒肉、煮饭。

"要不要喝啤酒?"一个问我。

"噢!好。"

穿208运动衫的把啤酒和玻璃杯送到我床上来。

"音乐呢?"

"有的话更好哇。"

她从唱片架抽出亨德尔的《竖笛奏鸣曲集》,放在唱盘上把针头放下,那是多少年前的情人节,我的女朋友送我的礼物。竖笛、中提琴、羽管键琴之间,夹进像通奏低音似的炒肉的声音。我跟我的女朋友曾经无数次放着这张唱片做爱。唱片唱完了,针头发出咔吱咔吱的声音继续转着,我们还依然不说一句话地紧紧拥抱着。

窗外的雨无声地降落在高尔夫球场上。我喝完啤酒,汉斯-马丁·林德吹完《F大调奏鸣曲》的最后一个音时,饭已经做好了。我们三个人那天吃晚餐时非常难得地沉默着。唱片放完了,屋子里除了落在屋檐的雨声和三个人咀嚼肉的声音之外再也没别的声音。吃完饭双胞胎收拾好餐具,两个人就站在厨房泡咖啡,然后三个人又喝了热咖啡,好像带有生命似的香浓咖啡。一个人站起来去放唱片,是披头士的《塑胶灵魂》。

"我好像记不得有买过这样的唱片哪。"我吃惊地叫出来。

"是我们买的。"

"你给我们的钱,我们一点一点存起来哟。"

我摇摇头。

"你讨厌披头士吗?"

我默不作声。

"真可惜,我们还以为你会喜欢呢!"

"对不起。"

一个站起来把唱片停掉,然后宝贝兮兮地拿起来拂掉灰尘,才放进唱片套里。三个人又落入沉默,我叹了一口气。

"我不是有意这样的。"我找理由说,"只是有点累,所以脾气不太好,我们再听一遍吧。"

两个人互相对看了一下,嘻嘻地笑起来。

"你何必客气呢,这是你家啊。"

"你不用顾虑我们哪。"

"再听一次吧!"

结果我们还是听了《塑胶灵魂》的两面,一面喝着咖啡,我心情好了一些,双胞胎也很高兴的样子。

喝完咖啡双胞胎帮我量体温,两个人看了好几次温度计。三十七度半,比早上提高半度,头昏昏沉沉的。

"因为洗完澡的关系啦。"

"还是躺下来好了。"

确实是这样,我把衣服脱了,带着《纯粹理性批判》和一盒香烟钻进床里。毛毯有一点点太阳的味道,康德依然很棒,烟草发出像湿报纸揉成一团在瓦斯炉上点火燃烧似的味道。

我把书合上,一面恍惚地听着双胞胎的声音,一面觉得好像被拖进黑暗中似的闭起眼睛。

8

灵园在山顶上利用附近和缓的台地伸展出去。坟墓之间铺着细细的沙砾,步道纵横交错地围绕着。修剪过的杜鹃花树,以吃着草的羊的姿态,随处散植着。而从那广大的墓地往下眺望,好几根瘦瘦高高像蕨类嫩芽般弓着背的水银灯并排站着,将白得不自然的光线投射到每个角落里。

老鼠把车子停好在灵园东南的一个树林里,一面抱着女人的肩膀,一面眺望眼底下广阔的市街夜景。街景看来简直就像流进平板的铸模里的混浊光线一样,或者像巨大的蛾撒落了一身金粉以后的样子。

女人好像睡着了似的闭着眼靠在老鼠身上。老鼠从肩膀到侧腹部一直感觉得到她身体沉沉的重量,那是一种奇妙的重量,爱过男人、生过孩子、年老将死的一个存在个体所拥有的那种重量。老鼠用一只手拿出香烟盒,把火点上。偶尔从海面吹起的风,爬上眼底下的斜坡,摇动着松林的针叶。女人可能真的睡着了,老鼠伸手摸摸女人的脸颊,一根手指接触她薄薄的嘴唇,于是感觉到她湿热的气息。

灵园与其说是墓地,不如说看来更像一个被遗弃的市街。墓地有一半以上是空地,因为预定将被收容在这里的人们,还活着。他们偶尔会在星期天下午,带着家人,来确认一下自己将要长眠安息的场所。而从高台往墓地眺望,嗯!这里视野辽阔,四季花开,空气也不错,草坪也修剪得很好,连自动喷水灌溉草木的设备都有,又不会有野狗来偷吃祭品。此外,他们想道,环境明朗对健康有益最是重要。对于这些状况,他们感到满足,于是在长椅上坐下来吃完便当,便又匆匆忙忙回到日常的营生中去了。

清晨和黄昏,管理员都会用一支尖端附有一块平平的板子的长棒,扫平沙砾道。并把跑到中央水池想捕鲤鱼的孩子们赶走。此外每天三次,九点、十二点、六点还在园内扩音机播放音乐盒演奏的《老黑奴》。老鼠不明白播放音乐的意义何在。不过开始昏黄的午后六点,在无人的墓场流荡着《老黑奴》的旋律,却也是个颇可观的光景。

六点半管理员就搭巴士回到山下去,于是墓场完全被沉默所包围,然后几对男女便开车上来互相拥抱。夏天到树林里就排了好几辆那种车子。

就老鼠的青春来说,灵园到底还是个具有深刻意味的场所,在还不能开车的高中时代,老鼠便骑着250cc的机车,背后载着女孩子,在沿着河岸的斜坡道上往回了无数次,而每一次都一面眺望着同样的街灯一面拥抱她们。各种香气在老鼠的鼻尖缓缓飘过,然后消失。有过各色各样的梦,有过各种各样的哀愁,做过各式不同的承诺,结果却一一消失无踪。

只要回头一看,死亡便在广大墓地的各自不同的地下扎根。有时老鼠牵着女孩子的手,在那故作庄重的灵园沙砾道上漫无目的地走着,各式各样的姓名与时间,伴着背负各自过往的生的死,就像植物园里一行行的灌木一样,相隔等距离,无限地延伸出去。他们被风吹动,却不发出沙沙的声响,也不散发香气,面对黑暗也无法伸出该伸的触手。他们看来像失去时间的树木一样。他们已经没有思想,也没有传达思想的语言了。他们把这些委托给仍然继续活着的生物。两个人回到树林里,紧紧地互相拥抱。从海上吹来的海风、枝枝叶叶的芳香、草丛中的蟋蟀,只有这些继续活下去的世界的悲哀,充满了周遭。

"我睡了很久吗？"女人问道。

"没有。"老鼠说，"不怎么久。"

9

又是同样一天的同样反复。如果不在什么地方做个折叠记号分开的话，很可能会搞错的那样一天。

那一天一直散发着秋天的气息。跟往常一样的时刻结束工作，回到公寓却看不见双胞胎的影子。我鞋子也没脱就往床上一倒，开始茫然地抽着烟。试着去思考各种事情，可是头脑里面什么也没成形。我叹了一口气从床上起来，望着对面的白墙壁好一会儿，不知道该干什么好。总不能老是瞪着墙壁呀！这样对自己说。可是依然不行。毕业论文的指导教授只会说好听的，说什么文章不错，论旨也明确，只是缺乏主题。不过老实说，就是那种状况。好久没有一个人在家了，连怎么处理自己才好，都没有把握了。

真是怪事。多少年又多少年我一直是一个人活着来的，不是都过得还顺当吗？不过那也想不起来了。二十四年，应该没有短暂到马上可以忘得干净的岁月吧。简直就像正在找东西时，却忘了在找什么一

关于弹珠玩具的诞生

样的感觉。我现在到底在找什么呢？开瓶器？陈年旧信？收据？耳挖子？

算了！我拿起枕头边放着的康德的书时，才看见书里夹的便条纸冒出头来，是双胞胎留的字，写着：我们到高尔夫球场去玩了。我开始担心起来，因为我曾经交代过她们，如果不是跟我在一起，就不要进高尔夫球场。对于不了解状况的人来说，黄昏的高尔夫球场是危险的，因为不晓得什么时候球会飞过来。

我穿上网球鞋，把长袖运动衫缠在脖子上出了公寓，跨过高尔夫球场的铁丝网。越过平缓的起伏小丘，越过十二号洞，越过休憩用的小亭子，穿过树林，我一直走着。从西边扩展出去的树林的缝隙，溢出照在草地上的夕阳。在接近十号洞有一个铁哑铃状洼地的沙上，我发现了好像双胞胎留下来的咖啡奶油饼干的空盒子。我把它揉成一团放进口袋里，一面退后，一面把三个人留在沙地的脚印消灭。于是走过跨在小河上的小木桥，就在爬上小丘的时候发现了双胞胎。她们就在山丘相反一侧的斜坡上安装的露天升降扶梯的中段并肩坐着，正在玩西洋双陆棋。

"我不是说过只有你们两个人来很危险吗？"

"因为晚霞太美了啊。"一个解释道。

我们走下扶梯，在长满芒草的草地上坐下来，眺望晚霞，确实是非常棒的景色。

"你们把垃圾丢在洼地里是不行的噢。"我说。

"对不起。"两个人说。

"从前哪,我就曾经在沙坑里受伤过,那是小学时候。"我伸出左手食指的尖端让她们看。还留有七毫米左右像白色丝屑一般的微细伤痕。"这就是不晓得谁把破汽水瓶埋在沙里的结果。"

两个人点点头。

"当然没有人会被饼干盒子割破手,不过,也不能在沙坑里留下什么东西,沙坑是神圣而清洁的东西哟。"

"知道了。"一个说。

"我们会留心。"另一个说,"你还有别的地方受过伤吗?"

"当然有哇。"我把身上的伤痕让她们两个看。简直像伤痕目录一样。首先是左眼,这是足球比赛时被球击中的,现在视网膜上还留有伤口。其次是鼻梁,这也是足球搞的,用头顶球时,撞到对方的牙齿。下嘴唇也缝了七针,从脚踏车上跌下来弄的,为了要避开卡车不小心跌倒。还有敲断的牙齿……

我们在冷冷的草地上并排躺下,一直听着风吹芒草发出的沙啦沙啦的声音。

天完全暗了以后,我们才回到公寓用餐。我到浴室洗澡,大约可以喝完一瓶啤酒的工夫，三条鳟鱼已经烤好了。而且旁边还添加了一些罐头芦笋和巨大的豆瓣菜。鳟鱼的味道真叫人怀念，像夏天的山路一样的味道。我们花了很长的时间把鳟鱼吃得干干净净，盘子上只剩下鳟鱼白色的骨头和铅笔那么粗的巨大豆瓣菜的梗。两个人立刻把餐具洗了，泡好咖啡。

"我们来谈谈配电盘吧！"我说，"总是挂在心里。"

两个人点点头。

"为什么快要死了呢？"

"因为吸进太多东西了吧，一定是。"

"休克掉了吧！"

我左手拿着咖啡杯，右手拿着烟，思考了一下。

"你们想该怎么办？"

两个人对看了一下，摇摇头。"已经毫无办法了啊。"

"只好让它回到泥土里去吧。"

"你看过得坏血病的猫吗？"

"没有。"我说。

"从身体的末端开始变得像石头一样硬，经过好长一段时间，最后心脏才停止噢。"

我叹了一口气。"真不希望它死。"

"我了解你的心情。"一个说,"不过这对你来说一定负担太重了。"

那说法简直就像在说今年冬天雪太少,所以请放弃滑雪的念头一样干脆而轻松。我只好喝咖啡不再去想。

10

星期三,晚上九点上床,十一点醒来。然后再也睡不着了。好像戴了一顶小两号的帽子一样,头上有一圈东西紧紧箍着,觉得好不舒服。老鼠干脆起来,依然穿着睡衣,到厨房一口气把冰水喝完,然后开始想女人的事。站在窗子边眺望灯塔的灯光,巡视着黑暗的堤岸,再往女人的公寓附近眺望。想起黑夜拍岸的浪声,想起敲落在公寓窗上细沙的声音,然而不管想了多少,终归对自己一寸也无法向前跨进的现状感到厌烦。

自从和女人见面以来,老鼠的生活变成无限期地每星期重复一次。毫无日期的感觉。现在几月?大概是十月吧。不晓得……星期六跟女人相会,星期天到星期二之间的三天,便沉溺于那回忆中。而星期四、星期五和星期六的上半天,则着手计划即将到来的周末。只有星期三则失落了可去的地方,彷徨于宇宙太空。既不能往前进,也无法向后退。星期三……

大约恍惚地抽了十分钟烟,然后才脱掉睡衣,在衬衫上套一件风衣下到地下室停车场。十二点过后的街上几乎没有人影。只有街灯照着发黑的道路。杰氏酒吧的铁卷门已经拉下来了,老鼠把门拉起一半,钻了进去走下阶梯。

杰刚把洗好一打左右的毛巾披在椅背上晾完,正在柜台里一个人抽起烟来的时候。

"我只要喝一瓶啤酒,可以吗?"

"好哇!"杰好像心情愉快地说。

打烊后的杰氏酒吧这还是第一次来。除了柜台灯还留着之外,其他照明都熄了,通风设备和空调的声音也消失了,空气中微微飘着长年累月渗入地板和墙壁的气味。

老鼠进到柜台里,从冰箱拿出啤酒注入玻璃杯。客座间的空气,在昏暗中像分成几个层次沉淀着,略带着温度和湿气。

"今天本来不打算来的。"老鼠解释着,"可是醒过来睡不着,不管怎么样总想喝点啤酒,我马上就走。"

杰把柜台上的报纸叠起来,用手拂掉落在西裤上的烟灰。"你慢慢喝好了,如果肚子饿了,我帮你弄点东西吃。"

"不,不用了。你不要管我,只要啤酒就够了。"

啤酒极端好喝。一口气喝了一玻璃杯,长叹一声。然后把剩下的一半又倒进杯里,并注视着泡沫的消减。

"如果有兴趣,要不要也一起喝?"老鼠这么问杰杰。

杰有点为难地微笑着。"谢谢!不过我一滴也不能喝。"

"哦!我倒不知道。"

"生来体质就这样。没办法接受。"

老鼠点了好几次头。默默地喝着啤酒。然后重新惊讶于自己对这位中国酒保的一无所知。不过关于杰的事谁都不知道。杰是一个极端安静的男人,从来不提自己的事,即使有人问起,也装作非常专心地在开抽屉似的,回答一些无关紧要的题外话。

谁都知道杰是生在中国的中国人,不过在这地方身为一个外国人并不是怎么稀奇的事。老鼠高中的足球社团里,前锋和后卫就各有一个中国人,谁也没有特别在意。

"没有音乐好冷清噢。"杰这么说,就把点唱机的钥匙丢给老鼠。老鼠选了五首又回到柜台来,继续喝着啤酒。从扩音机流出韦恩·纽顿的古老旋律。

"你不早一点回家没关系吗?"老鼠对着杰这么说。

"没关系呀,反正没有人在等我。"

"你一个人生活?"

"嗯。"

老鼠从口袋里抽出香烟,把皱折拉直点上火。

"只有一只猫而已。"杰恍惚地说着,"上了年纪的猫,不过倒是谈话的对象。"

"谈话啊?"

杰点了几次头。"噢!已经相处很久了,所以很有灵性。我了解猫的心情,猫也了解我的心情。"

老鼠一面衔着烟一面哼着,点唱机发出咔嚓的声音,音乐换成《麦克阿瑟公园》。

"那,猫想些什么事情呢?"

"各种事啊。就跟你我一样啊。"

"真不简单哪。"老鼠说着笑笑。

杰也笑起来。然后隔一会儿,就用指尖在柜台上摩擦着。

"是单手呢。"

"单手?"老鼠反问道。

"猫哇。是个跛子。四年多前的冬天,猫满身是血回到家里来,手掌像橘子酱一样血肉模糊。"

老鼠把手上拿的玻璃杯放在柜台上看着杰的脸。"到底怎么回事?"

"不晓得啊,我也想过是不是给车子轧的,不过那样子太惨了,如果只是被车轮碾过,也不至于那么严重。看样子就像是被老虎钳夹的呢。整个被压得碎碎的,可能有人恶作剧。"

"真有这种事啊?"老鼠难以相信地摇摇头。"到底有谁会对一只猫的手……"

杰把无滤嘴香烟的一端在柜台上敲了几下,然后含在嘴上点起火。

"是啊。没有任何理由去弄碎一只猫的手哇。那是一只非常乖的猫,从来没做过什么坏事。而且把猫的手弄碎谁也得不到什么好处啊。既无意义,也太残忍了,不过世上像这种毫无理由的恶意,却多得像山一样。我也没办法了解,你也一定无法了解。不过那确实存在,而且或许可以说是包围在我们四周呢。"

老鼠眼睛没离开玻璃杯,又摇了一次头。"我真是没办法了解。"

"那最好。如果不了解而过得去,那再好不过了。"

杰这么说完,便往昏暗而空空的客人席喷一口烟,并眼看着白色的烟在空中完全消失为止。

两个人沉默了很长一段时间,老鼠望着玻璃杯恍惚地沉思,杰依然用手指在柜台的板子上摩擦着。点唱机开始播放最后一曲用假声演唱的甜美灵魂歌曲。

"杰!"老鼠依然眼睛望着玻璃杯说,"我活了二十五年,却觉得好像什么也没学到似的。"

杰在片刻间什么也没说,只是看着自己的手指。然后略为缩缩肩膀。

"我花了四十五年也只不过知道一样事情。就是这么回事。人不管做什么,只要肯努力,总会学到什么的,不管多么平凡无奇的事,你也一定可以从中学到一些东西。什么样的刮胡刀都有它的哲学,我不知道在哪里念到这句。其实如果不这样的话,谁也没办法生存下去。"

老鼠点点头,把玻璃杯底剩下三公分左右的啤酒喝干,音乐放完了,点唱机发出咔哒一声,于是店里又恢复安静。

"你说的话我好像有点懂了。"不过啊,老鼠正说到这里却又把话吞回去。正想说出口,又觉得说了也没用。于是老鼠微笑着站起来,说声多谢款待。"让我开车送你回家吧。"

"不,不用了。我家很近,而且我喜欢走路呢。"

"那么再见啰,代我问候你的猫。"

"谢谢!"

上了阶梯走出外面,有一股凉凉的秋意。老鼠一面用拳头轻轻敲着每一棵行道树,一面走到停车场。没什么用意地一直盯着停车计时表,然后上车。稍微迟疑了一下才把车开向海边,把车停在看得见女人那栋公寓的滨海道路上,公寓有一半的窗子灯还亮着,有几个窗帘后面也看得见人影。

女人的房间都是暗的,床头灯也熄了,大概已经睡了吧,好寂寞啊。

海浪的声音仿佛略为增强,好像海浪现在就要冲过堤岸,把老鼠连车子冲到哪个遥远的地方去似的。老鼠打开收音机,一面听着没什么意思的音乐和广告,一面把椅背放倒,双手交抱在脑后闭上眼睛。身体疲倦得快瘫痪了,不过幸亏这样,刚才各种莫名其妙而无所寄托的情绪也好像不知消失到何方去了。老鼠松了一口气,任由空空的脑袋平躺着,继续听那混合着模糊浪声的电台音乐节目,于是睡意慢慢袭来。

11

星期四早晨,双胞胎把我叫醒,比平常早了十五分钟左右,倒也不在意。用热水刮过胡子,喝完咖啡,读完报纸的所有角落,油墨几乎沾满了手。

"有事想拜托你。"双胞胎中的一个说了。

"礼拜天能不能借到车子?"另一个也开口了。

"大概可以吧。"我说,"不过你们想去哪里呀?"

"蓄水池。"

"蓄水池?"

两个人点点头。

"到蓄水池去干什么?"

"参加葬礼。"

"谁的?"

"配电盘哪。"

"哦!原来如此。"我说。于是继续看我的报纸。

星期天不巧从早上就开始下着细细的毛毛雨。不过对于配电盘的葬礼来说,到底什么样的天气才最合适,我也无从了解。双胞胎对下雨没提半个字,我也就保持沉默。

星期六晚上我向合伙人借来天蓝色大众车。他问我是不是交上女朋友了啊。我说,嗯。大众后座上大概被他儿子粘上了牛奶巧克力的污渍,简直像枪战后留下的血迹一般,渗染了一大片。汽车音响用的卡式录音带没什么值得一听的,因此我们在单程需要一个半小时的途中都没听音乐,只是无言沉默地继续开着。雨随着我们车子前进而规则地增强、减弱,又增强,再减弱。令人想打哈欠的雨。柏油路上高速错过的车子,一路上不停地以相同的调子持续发出"咻!咻!"的声音。

　　双胞胎中的一个坐在副驾驶座,另一个则抱着装有配电盘和热水瓶的购物袋,坐在后面的位子。她们态度严肃颇配合葬礼日的气氛。我也学她们。甚至在途中休息吃烤玉米时我们也很严肃。只有玉米粒在脱离棒芯时发出啪嗞啪嗞的声音扰乱了寂静。我们留下三根已经啃完最后一粒的玉米棒芯,便再度开车上路。

　　那是个狗非常多的地方,它们简直就像水族馆里的鲫鱼群一样,在雨中漫无目的到处乱走。搞得我不得不接连不断地按喇叭。它们一副对雨和汽车完全没兴趣的样子,而且大多数还露骨地显出对喇叭声厌烦的脸色,虽然如此,却还能够巧妙地闪身避开。不过当然雨是没法子避掉的。所有的狗从头顶到屁眼都淋得湿答答的,有些看来像出现在巴尔扎克小说中的水獭,有些则像在深思什么似的僧侣。

　　双胞胎中的一个拿了一根烟让我含上,还帮我点起火。然后用她小手的掌心贴在我棉长裤的内股,上下好几次,那行为感觉上与其说是为了爱抚我,不如说是为了确认某件事似的。

　　雨好像打算永远继续下去的样子。十月的雨总是如此这般地下着。一直继续下到所有的一切都湿透了为止,地面已经湿淋淋的,树木、高速公路、田地、车子、房子、狗,也都一一逃不过全部吸满了雨,整个世界已经无可救药地淹没在冷雨中。

开始爬上一段上坡路,穿过密林间的道路便到达蓄水池。由于下着雨,四周没一个人影。雨流进一望无际的水面,蓄水池被雨敲打的光景远比想象中更悲惨。我们在池边停车,坐在车里打开热水瓶喝咖啡,并吃了双胞胎买来的饼干。饼干一共有咖啡、奶油和枫糖三种口味,因此为了公平起见,我们把饼干分成三等份吃。

在那之间,雨仍然不停地降落在蓄水池上,雨极其安静地下着,只发出像报纸被撕成细细的一条条,然后撒在厚厚的地毯上一样的声音。克劳德·勒鲁什的电影上经常下的那种雨。

我们吃完饼干,各喝完两杯咖啡之后,不约而同地拍拍膝盖上的饼干屑,谁也没说一句话。

"好了,差不多该开始动手了吧。"双胞胎中的一个说。

另一个点点头。

我把烟熄掉。

我们也没打伞,便沿着蓄水池上伸出一截的断桥一直走到尽头。蓄水池是将河水堵起来人工做成的,水面像冲洗着山的腰部一样,形成不自然的曲线。从水面的颜色,可以感觉到令人恐怖的水深,雨则在那上面激起细细的涟漪继续降落着。

双胞胎中的一个从纸袋里取出那个配电盘交给我,配电盘在雨中比平常看来更加寒酸可怜。

"说几句祭文吧!"

"祭文?"我吃惊地叫出来。

"这是葬礼呀,总该有祭文嘛。"

"噢,我没想到。"我说,"可是老实说我没准备。"

"怎么说都可以呀。"

"只要形式就行了。"

我一面从头到脚被雨淋得湿答答的,一面寻思着适当的字句。双胞胎一副很担心的样子,轮流望着我和配电盘。

"哲学的义务是……"我引用康德说的,"去除因误解而生的幻想。……配电盘哪!你好好在蓄水池底安眠吧!"

"丢下去!"

"嗯?"

"配电盘哪!"

我将右臂极力往后摆,再使出全力将配电盘以四十五度角甩出去,配电盘在雨中壮丽地画出一条弧线飞上天去,再掉落水面,然后波纹慢慢扩展开来,一直来到我们脚下为止。

"好动人的祭文哪!"

"是你作的吗?"

"那当然。"我说。

于是我们三人像狗一样湿淋淋地紧紧靠在一起继续眺望着蓄水池。

"到底有多深哪?"一个问。

"深得可怕。"我说。

"有没有鱼?"另一个问。

"所有的水池都有鱼呀。"

如果从远方眺望我们的姿势,一定像一座高尚的纪念碑吧。

12

那个星期四的早晨,我穿上那个秋天第一次穿的毛衣。没有任何变化的灰色设得兰毛衣,腋下有点脱线,不过穿起来依然相当舒服。我比平常更仔细地刮了胡子,穿上厚厚的棉长裤,拉出颜色已经旧得像黑炭一样的沙漠皮靴穿上。靴子看起来倒像两只端坐在脚尖的小猫似的。双胞胎满屋子跑来跑去,帮我找香烟、打火机、皮夹子和电车月票拿来给我。

到了事务所在桌子前面坐下,一面喝着女孩子泡来的咖啡,一面削起六支铅笔。屋子里充满了铅笔芯和毛衣的味道。

午休时间到外面吃过饭,又再去和阿比西尼亚猫玩,从展示柜的玻璃之间，大约一公分左右的缝隙伸进手指，两只猫竞相跳起来，咬我的指头。

那天宠物店的店员让我抱他的猫，摸起来触感像上等质料的开司米，猫把它冷冷的鼻尖凑近我的嘴唇。

"这只猫好喜欢亲近人。"店员说明着。

我道了谢把猫放回笼子里，买了一盒根本用不上的猫食。店员把它包装得整整齐齐。当我抱着猫食的包装走出宠物店时，那两只猫还像在望着梦的断片似的一直凝视着我的身影。

回到事务所，女孩子帮我把粘在毛衣上的猫毛拂掉。

"去跟猫玩了一阵子。"我绕着圈子解释道。

"你的腋下脱线了噢。"

"我晓得。去年就破了。想要偷袭运钞车时，被后视镜勾破的。"

"脱下来吧。"她一副没什么兴趣的样子说。

我把毛衣脱下，她在椅子旁把长腿跷起来，开始用黑线缝。当她缝着毛衣时，我回到我的桌子，将下午要用的铅笔削好，重新开始工作。不管别人怎么说，我觉得我是个对自己的工作没得挑剔的人。在限定时间内，把该做的工作确实做完，而且尽可能做得心安理得是我的做法。如果是在奥斯威辛必然被视为珍宝吧。不过我想，问题是适合我的场所，全都落伍了，我想这是没办法的事。一切都不可能回溯到奥斯威辛或双座鱼雷轰炸机上去。现在没有人会再去穿迷你裙,也没有人会去听 Jan & Dean。最后一次看到穿吊带袜紧身衣的女孩子,是什么时候的事了?

时钟指向三点,女孩子跟往常一样送热腾腾的日本茶和三块饼干到桌子前面来,毛衣也巧妙地缝好了。

"嗨!跟你商量一点事情好吗?"

"请讲。"我说着就吃起饼干。

"是关于十一月旅行的事。"她说,"到北海道怎么样?"

十一月是我们三个人固定举行员工旅行的时候。

"不错啊。"我说。

"那就决定了。熊会不会出现?"

"很难说。"我说,"我想大概冬眠了吧。"

她好像放心了似的点点头。"还有晚上一起吃饭好吗?附近有一家海鲜店不错。"

"好啊。"我说。

餐厅就在从事务所搭计程车五分钟左右的安静住宅区中央,我们找到位子,穿黑衣服的侍者从椰子纤维编的地毯上无声地走来,把两块像游泳时打水的板子一般大的菜单放在桌上,在点菜前我们先要了两瓶啤酒。

"本店的虾非常棒!是活生生放下去煮的。"

我一面喝着啤酒,一面念。

她用细细的手指,玩弄着戴在头上的星形徽章有好一阵子。

"如果有话说,最好在吃东西以前说出来。"我说。但是说出口以后又后悔不该说的,每次都是这样。

她略微笑了一笑。然后以那四分之一公分的微笑要恢复原样嫌麻烦为理由,便暂时留在嘴边。因为店里非常空,所以连虾子动一下须的声音都好像听得见。

"你喜欢现在的工作吗?"她问我。

"怎么说呢?对工作我一次也没这样想过。不过倒也没什么不满。"

"我也没什么不满意哟。"她这样说着喝了一口啤酒,"薪水不错,你们两个人也很亲切,还固定可以休假……"

我一直沉默着,认真去听别人说话,倒真是很久没有过了。

"不过我才二十岁哟。"她继续说,"我可不想像这样过一辈子。"

菜摆上餐桌时,我们的对话中断了一下。

"你还年轻嘛。"我说,"以后会恋爱,也会结婚,人生总会不断改变下去呀。"

"才不会变呢。"她一面用刀子和叉子很熟练地剥着虾壳,一面细声细气地说,"没有一个人喜欢我,我只能喷喷蟑螂药、补补毛衣过一辈子。"

我叹了一口气,忽然觉得好像老了好几岁。

"你又可爱又有魅力,腿又长头脑又好,连虾壳也剥得蛮好的,将来一定会过得很好!"

她默不作声地继续吃着虾,我也吃,而且一面吃虾一面想着蓄水池底的配电盘。

"你二十岁的时候在做什么?"

"拼命想女孩子啊。"一九六九年,我才刚成年。

"你跟她后来怎么样了?"

"分开了啊。"

"过得幸福吗?"

"从远远看的话,"我一面吞进虾子一面说,"大部分的东西看起来都很美。"

当我们吃完时,店里开始逐渐被客人埋没,刀子、叉子和椅子碰撞的声音变得热闹起来,我点了咖啡,她点了咖啡和柠檬蛋奶酥。

"现在怎么样?有女朋友吗?"她问。

我考虑了一下决定把双胞胎除外。"没有。"我说。

"不寂寞吗?"

"习惯了啊,训练出来的。"

"什么样的训练?"

我点上烟,把烟雾向她头上五十公分左右的地方吹去。"我是生在一个奇怪的星星下的,也就是说啊,想要的东西不管是什么,都会到手,可是每次得到一样东西的时候,却踩到另一样东西。你懂吗?"

"有一点。"

"谁都不相信,不过这是真的。三年前我才注意到,而且心里想再也不要去想得到什么了。"

她摇摇头。"因此,你就打算这样过一辈子啰?"

"大概吧。这样就不会给任何人带来麻烦。"

"如果你真的这样想,"她说,"那只要活在鞋柜里就行了。"

真是高见。

我们并肩走在通往车站的路上。托毛衣的福,夜里觉得很舒服。

"OK,我会想办法做一点什么。"她说。

"没帮上什么忙。"

"你让我把话说出来,我已经松了一口气。"

我们从同一个月台,搭上两侧反方向的电车。

关于弹珠玩具的诞生

"你真的不寂寞吗?"她最后又再问了一次。我还正在寻找美好的答案时,电车已经来了。

13

有一天,有某一样东西捉住我们的心。什么都可以,些微的东西。玫瑰花蕾、遗失的帽子、小时候喜欢的一件毛衣、吉尼·皮特尼的旧唱片,或者已经无处可去微不足道的东西的罗列。有两三天,那其中的某一样在我们心中徘徊,然后回到原来的场所去。……幽暗。我们的心被挖了好几口井,而那井的上方有鸟飞过。

那年秋天一个星期日的黄昏,捕捉住我的心的坦白说就是弹珠玩具。我和双胞胎一起在高尔夫球场八号洞的果岭上眺望着晚霞。八号洞是标准杆5的长洞,既没有障碍物,也没有斜坡。只有像小学一样的走廊下一样平坦的路一直延伸出去。在七号洞有一个住在附近的学生正在练习吹长笛。那令人听了心痛的两个八度音阶的练习,成为背景音乐,夕阳正一半埋进丘陵后面。为什么在这瞬间,弹珠玩具会捉住我的心,我也不知道。

而且随着时光的追逐,只有弹珠玩具的印象在我体内渐渐膨胀。一闭上眼睛,缓冲板反弹出弹珠的声音,和得分数字打出的声音就在耳边响起来。

*

一九七〇年,当我和老鼠在杰氏酒吧继续喝着啤酒的时候,我还绝对算不上是弹珠玩具的热心玩家。杰氏酒吧所拥有的那台,在当时算是少有的三把式,被称为"太空船"的机型。弹珠面盘分为上部和下部,上部附有一把,下部装有两把。是在固体电子零件把通货膨胀带进弹珠玩具的世界之前,和平好时代的机型。老鼠疯狂于弹珠玩具的时候,为了纪念他92500的最高得分,老鼠还和弹珠玩具机拍了纪念照片。老鼠倚靠在弹珠玩具机旁眯眯笑着,弹珠玩具机也亮出92500的数字眯眯笑着。那是我用柯达袖珍型相机拍下的唯一令人心头暖暖的相片。老鼠看起来简直像第二次世界大战的击坠王似的,而弹珠玩具机则看来像一架古老的战斗机。像那种勤务兵要用手转动螺旋桨,而飞上去以后才将防风片啪哒一声关上的战斗机。92500这数字,把老鼠和弹珠玩具机结合起来,酝酿出难以形容的亲密气氛。

每星期有一次,弹珠玩具公司的收款员兼修理员会到杰氏酒吧来。他是个三十左右异样消瘦的男人,几乎跟谁都没说过一句话。进到店

关于弹珠玩具的诞生

里眼睛都不看杰一下,就去把弹珠玩具机下面的钥匙打开,让零钱沙啦沙啦流进帆布做的头陀袋里。然后从其中拿出一枚,放进机器里以便检修,确认了两三遍栓塞弹簧的情况之后,才一副没什么趣味的样子弹出一粒弹珠,让弹珠碰到缓冲板以检视磁力的情况,让弹珠通过所有的球道,打落所有的目标,drop target、kickout ball、road target……最后得分灯亮起来时,才一副唉呀总算完毕的表情,让弹珠掉进外跑道结束这次游戏。然后对杰点点头表示一切都没问题便走出去。总共花不到香烟烧完半根的时间。

我忘了弹烟灰,老鼠也忘了喝啤酒,两个人总是像哑巴似的盯着那华丽的特技表演。

"好像做梦一样啊。"老鼠说,"要是能有那样的技术十五万是轻而易举的啰。不,搞不好拿得到二十万喏。"

"专家嘛!没办法。"我安慰着老鼠。虽然如此,不过他那头号飞行员的荣耀感却再也无法恢复了。

"跟他比起来,我还只不过握到女人的小指尖而已呢。"老鼠这么说完,就一直沉默不语了。而且不断漫无边际地梦想着得分板的数字如何才会超越六位数。

"那是他的工作啊。"我继续劝他,"一开始或许那真是很有乐趣,不过啊,你从早到晚光去做那一件事看看吧!谁都会觉得厌烦的啦。"

"不,"老鼠摇摇头,"我不会。"

14

"杰氏酒吧"很久没有挤满这么多客人。大部分都像是没见过的脸孔,不过客人总是客人,所以杰的心情也没有理由不好。凿冰锥子敲碎冰块的声音、旋转威士忌加冰块的玻璃杯咔吱咔吱的声音、笑声、点唱机播出杰克逊五兄弟乐队的音乐,像漫画里写对白的圈圈一样浮上天花板的白烟……简直就像盛夏的旺季再度回来一样的夜晚。

虽然如此,对老鼠来说却好像哪里不对劲似的。他在柜台边上一个人独自坐着,翻开的书本,在同一页上重复读了不知道多少遍,终于作罢地把书合上。如果可能的话,他宁愿喝干最后一口啤酒,回到房间里睡觉。如果真的睡得着的话……

那一星期之间,连月亮都完全遗弃了老鼠。被切成碎片的断续睡眠和啤酒和烟草,连天气都开始崩溃了。冲刷着土山的雨水流进河里,并将海变成茶色和灰色的斑点。令人嫌恶的风景。头脑里简直像塞满了揉成一团团的旧报纸一样。睡眠很浅,总是短暂的。像暖气很足的牙科医师候诊室里的瞌睡一样,每次有人开门时,就醒过来一下,看看手表。

一周的半中央,老鼠独自一个人一面喝着威士忌,一面决定把所有的思考都暂时冻结。意识的缝隙之间,一一填满白熊都可以走过去的厚冰。以为这样应该可以勉强度过这星期的后半段,安心睡吧。可是一醒过来时,一切又都恢复原状。只是头有点痛。

老鼠茫然地凝视着排在眼前的六个空啤酒瓶。从瓶子之间则看得见杰的背影。

或许是该退潮的时候,老鼠想。第一次到这店里来喝酒是十八岁那年。几千瓶啤酒、几千根炸薯条、点唱机的几千张唱片,一切的一切好比那拍打着舢板的波浪一般涌过来又退下去。我不是已经喝了足够的啤酒了吗?当然三十岁或四十岁时想喝多少啤酒照样还可以喝。不过他想,只是在这里喝的啤酒另当别论。……二十五岁,要引退倒是不坏的年龄。若是聪明一点的人,已经是大学毕了业,在银行当起放款办事员的年岁了。

老鼠在空瓶子的行列中又加了一瓶,一口气将快要溢出玻璃杯的啤酒喝掉一半,然后反射性地用指尖擦擦嘴,并把弄湿的手在棉长裤的屁股后面抹抹。

好吧！想想看！老鼠对自己说，不要逃避地想想看！二十五岁……稍微想一下也算是不错的年龄了，可不是两个十二岁的男孩加在一起的年龄吗？你有没有那样的价值？没有吧！连一人份都没有。连塞进酸黄瓜空瓶里的蚂蚁窝的价值都没有。……算了吧，无聊的隐喻已经太够了，一点帮助也没有。想想看！你到底什么地方错了？快想出来呀！……天晓得。

老鼠打消念头把剩余的啤酒喝干。然后举起手来又要了一瓶新的。

"今天喝太多了噢。"杰说。虽然如此到底还是把第八瓶放在前面。

头有点痛。身体就像被波浪摇晃着似的几度上上下下。眼睛深处感觉得到虚脱的倦意。吐吧！头脑深处的声音说。吐光了再来慢慢想，快，站起来走到厕所去……不行了。连一垒都走不到……不过老鼠还是挺起胸膛走到厕所打开门，把正在对着镜子补画眼线的年轻女人赶出去，朝着便器咯咯吐起来。

多少年没吐过了？连怎么吐都忘了，要脱裤子吗？……无聊的玩笑别开了，不要说话，吐吧！连胃液都吐出来！

连胃液都吐光之后，老鼠在便器上坐下来抽烟，然后用肥皂把脸和手洗干净，对着镜子用湿湿的手理一理头发，有点太阴郁了，不过鼻子和下颚的形状还不太差,初中的女老师或许会中意也不一定。

出了厕所走到眼线才画一半的女人桌前很有礼貌地道过歉,然后回到柜台,喝了半杯啤酒,才把杰送过来的冰水一口气喝完。摇了两三下头,香烟正点上火的时候,头脑的机能才正常地开始动起来。

啊!够了吧!老鼠试着脱口说出来。夜还正长,慢慢想吧。

15

我真正进入弹珠玩具的咒术世界是一九七〇年的事。那半年左右,我觉得好像在黑洞里过的似的。在草原正中央挖了一口适合我尺寸的洞穴,在那里蒙起头把身体埋进去,并塞起耳朵断绝所有的声音。任何事情都再也引不起我的兴趣。而每天傍晚一醒过来就穿上大衣,到游乐场的角落里消遣时间。

机器是好不容易才找到的三把式"太空船",跟杰氏酒吧完全相同的机型。硬币放进去压一下开始的按钮,机器便动也不动一下就发出一连串的声音,出现十个目标,得奖灯消失,得分还原成六个零,球道弹出第一粒弹珠,无限的硬币丢进机器,那恰是一个月后冷雨下个不停的初冬的黄昏。我的得分像气球抛下最后一包沙袋一样,越过了六位数。

我把颤抖的手指像要拧下挥把的按钮似的放着，背靠在墙上，一面喝着冷得像冰一样的罐装啤酒，一面长时间凝视着得分板上标示出来的105220这六位数字。

我和弹珠玩具的短暂蜜月就那样开始了。大学几乎没去露面，打工的钱大半都注入弹珠玩具里。hugging、pass、trap、stop shot……大抵的技术都熟练了。而我在play的时候，背后开始随时都有人在参观。也有涂着鲜红唇膏的高中女生把柔软的乳房压到我手臂上来过。

得分在超越十五万的时候，真正的冬天来了。我在极端寒冷而人影稀少的游乐场，裹在连帽厚毛大衣里，将围巾拉到耳朵边，继续抱着弹珠玩具机。偶尔在厕所镜子里看见自己的脸，瘦得皮包骨，皮肤沙沙的极端干燥。每玩完三场下来就要靠墙休息一下，一面咔哒咔哒地发抖，一面喝着啤酒，最后一口啤酒总是味道像铅一样。而烟屁股则散落了一地，偶尔啃一口塞在口袋里的热狗。

她实在太棒了。三把式太空船……只有我了解她，只有她了解我。我每按下play的按钮，她就发出娇小可爱的声音，在面盘上闪出六个零，然后对我微微一笑。我从一毫米都不差的位置拉出挥把，将闪闪发光的银色弹珠从轨道弹出面盘。弹珠在她的珠盘原野上追逐奔跑的时间内，我的心恰像吸进优质大麻时一样，一切全都解放了。

各种思绪在我头脑里毫无脉络可寻地浮上来又消下去。各色各样人的姿态从罩了一层滤色镜的玻璃板上浮上来又消下去。玻璃板像映出梦境的双重镜一样,把我的心映出来,并和缓冲板及得奖灯的闪光交织明灭成一片。

"不是因为你的关系。"她说,而且摇了好几次头。"你没有错,你已经使出全力去做了不是吗?"

"不。"我说,左边的挥把、top transfer、九号目标。"不对,我什么也不会,指头一根也动不了,不过只是想做就做到了而已。"

"人能做到的事非常有限哪!"她说。

"或许是吧!"我说,"不过我没有一件完成的,一定永远都一样。"

*

过完年的二月,她消失了。游乐场被完全清除了,第二个月改成通宵营业的甜甜圈店。穿着像窗帘布料做的制服的女孩子,将松松散散的甜甜圈用同样花纹的碟子装着端给客人的那种店。一些把机车停在门口的高中生、夜勤司机、穿着不合季节的嬉皮士、酒吧上班的女人们,一律以一副厌烦的脸色喝着咖啡。我点了非常不美味的咖啡和肉桂甜甜圈,并试着问女服务生知不知道关于游乐场的事。

她以一副可疑的表情看看我,眼光像在看一个掉在地上的甜甜圈一样。

"游乐场?"

"不久以前还在这里开业的啊。"

"不晓得。"她很困似的摇摇头。一个月前的事谁也记不得了。就是那样的一条街。

我怀着黑暗的心在街上到处走。三把式太空船,谁也不知道她的行踪。

因此我停止打弹珠玩具。适当的时候到了,谁都停止打弹珠玩具。只不过是这么回事。

16

连续下了几天的雨,突然在星期五的傍晚停了。从窗口往下看,街上令人心烦地吸满了雨水,全身都觉得涨起来。夕阳把开始无路可走的云变成奇异的色彩,而那反光则将房间里染成同样的颜色。

老鼠在T恤上套上一件防风衣走出街上,柏油路上好些地方积着静静的水洼,黑黑地一直延伸出去。整条街充满了夕暮的气息。沿着河岸成排的松树全身湿淋淋的,翠绿叶尖正滴着水珠。染成茶色的雨水流进河里,滑过水泥河床向大海奔流而去。

黄昏立刻结束,潮湿的夜幕笼罩了四周,而那潮湿在一瞬间便化成雾气。

老鼠从车窗内伸出手肘,缓慢地试着绕街行驶,由半山坡道向西流进白色的雾里,最后终于沿着河边开到海岸。并在防波堤旁把车停下,将座位放倒,抽起烟来。沙滩和护堤和防沙林,一切的一切都湿湿黑黑的。女人房间的百叶窗透出温暖的黄色光线。看看手表,七点十五分,正是人人吃过晚饭,各自融入自己房间的温暖中的时刻。

老鼠把双手绕到脑后,闭起眼睛试着回忆女人房间的样子。因为只进去过两次,所以记忆不明确。门开处是一间六叠大的餐厅兼厨房……橘红色的餐桌布、观叶植物的盆栽、四张椅子、橘子水、餐桌上的报纸、不锈钢的茶壶……所有的东西都排列整齐,而且一尘不染。那里面是将两间小房间打通而成的大房间。铺着玻璃板的狭长书桌,那上面……三个陶制啤酒杯,里面满满塞着各色各样的铅笔、尺和制图笔。文具浅盒里则有橡皮擦、文镇、吸墨纸、旧收据、胶带、各种颜色的回形针……还有削铅笔器、邮票。

书桌旁边则有用了很久的制图板,附有长柄灯,灯罩的颜色是……绿色。然后墙壁尽头是床,北欧风的白木小床,两个人上去时,就像公园的小船一样发出呀呀的声音。

雾随着时间的流逝而浓度渐增。乳白色的暗幕在海边缓慢地流转，黄色的雾灯偶尔从道路前方接近，降低着速度从老鼠旁边通过。从车窗飘进来的细小水滴，将车内所有的东西都沾湿了。车座、车前玻璃、防风衣、口袋里的香烟，一切的一切。停泊在海面的货船的雾笛，像离群迷失的小牛一样，开始发出尖锐的悲鸣。各个雾笛或长或短的音阶穿透黑夜飞往山的方向。

左边的墙壁，老鼠继续想下去，有书架、音响组合和唱片。还有衣橱、两张本·沙恩的复制画。书架上没什么了不起的书，几乎全都是建筑的专业书，还有跟旅行有关的书，旅游指南、游记、地图，几本畅销小说，莫扎特的传记，乐谱、字典也有几本……法语字典的扉页上写着什么表扬的文字。唱片几乎都是巴赫、海顿和莫扎特，还有几张少年时代残留下来的唱片……帕特·布恩、鲍比·达林、派特斯乐队。

到这里老鼠想不出来了。还少了什么？而且是很重要的东西，因此整个房间丧失了现实感而依然飘在空中。是什么？OK，等一等……想起来了，房间的照明和……地毯。什么样的照明？还有什么颜色的地毯？……怎么也想不起来。

老鼠被一股冲动逼迫着，想打开车门，走过防沙林，去敲她的房门，确定一下照明和地毯的颜色，简直傻瓜透顶。老鼠再度倒回椅背上，这回看海吧。黑暗的海上，除了白雾什么也看不见。而那深处灯塔的橘红色灯,像心脏的鼓动一般,精确地反复明灭着。

她的房间失去了天花板和地板,暂时就那样模糊地在黑暗中飘浮着。然后从那微细的部分开始,印象一点一滴地淡化,最后终于全部消失。

老鼠头朝着车子的顶板,慢慢闭上眼睛,于是像关掉电灯开关一样,脑子里所有的灯都熄了,心灵埋进新的黑暗中。

17

三把式太空船……她在某个地方继续呼唤着我,好几天好几天连续不断。

我以惊人的速度消化堆积如山的工作,午饭不吃,也不跟阿比西尼亚猫玩,跟谁都不讲话了。处理事务的女孩子偶尔来看看我的样子,又死心地摇摇头回去。到两点为止把一天的工作做完,把原稿丢在女孩子桌上就奔出事务所,然后到全东京的游乐场逛,寻找三把式太空船,不过没有用。谁也没看过或听过那机器。

"四把式的地底探险不行吗?刚进来的机器噢。"有个游乐场主人说。

"不行啦,真抱歉。"

他有一点失望的样子。

"三把式左手打者倒是有,循环打击就会出现得奖球噢。"

"真对不起,除了太空船以外我都没兴趣。"

虽然如此,他还是亲切地把一个他认识的弹珠玩具机迷的姓名和电话号码告诉我。

"这个人或许多少知道你要找的那种机型,他是所谓的型录狂,关于机型他最清楚,倒是有点怪的男人。"

"谢谢。"我向他道谢。

"别客气,你如果能找到的话,那最好。"

我走进一家安静的咖啡店,拨了那电话号码,铃响五次后听见男人的声音,是安静的声音,听得见背后七点NHK的新闻报导和婴儿的声音。

"我想请教一下关于弹珠玩具某个机型的问题。"我报上姓名之后就直截了当地说出来。

短时间内电话那头一切都沉默了。

"什么样的机型呢?"男人说。电视的声音也降低了。

"叫作三把式太空船的机型。"

男人落入沉思似的念着。

"面盘上画有行星和太空船的图……"

"我晓得了。"他打断我的话,然后清了一下嗓子,用简直像研究生院讲师的语气说,"芝加哥的吉尔巴特父子公司在一九六八年出的机型,因为运气不佳而小有名气。"

"运气不佳?"

"你方便吗?"他说,"我们见个面谈一谈好吗?"

我们决定第二天傍晚碰面。

*

我们交换了名片,便向女服务生点咖啡。他真的是大学讲师令我非常惊讶。年龄大约三十出头,头发已经开始变薄了,不过身体晒得蛮健壮的样子。

"我在大学教西班牙语。"他说,"好像在沙漠里浇水一样的工作。"

我佩服地点点头。

"你的翻译事务所不翻西班牙语吗?"

"我翻英语,另一位翻法语,因为这样已经忙不过来了。"

"那真遗憾。"他保持双手交抱的姿势说,不过好像也没那么遗憾的样子,他捏弄了一下领带结。

"你去过西班牙吗?"他问。

"没有,很遗憾。"我说。

咖啡送来了,西班牙的话题便到此为止,我们在沉默中喝着咖啡。

"吉尔巴特父子公司是所谓后起之秀的弹珠玩具机制造业者。"他突然开始说起来,"从第二次世界大战到朝鲜战争之间,主要在做炸弹的投放装置,不过以朝鲜战争结束作为契机,开始转入新的方向。弹珠玩具、宾果玩具、吃角子老虎、点唱机、爆玉米机……也就是所谓的和平产业啰。弹珠玩具的第一号机是在一九五二年完成的。情况不坏,蛮坚固的,又便宜,可是因为没什么趣味,借《排行榜》杂志的评语来说,就叫作'像苏俄陆军女兵部队配给的胸罩一样的弹珠玩具机'。以销售来说是成功了,输出从墨西哥开始到中南美各国,那些国家专业技术人员很少,因此比起复杂的机器,故障少而坚固的东西更受欢迎。"

他在喝水的时候沉默了一下。好像没准备幻灯片用的银幕和长棒子倒真让他觉得遗憾。

"可是正如您所知道的,美国,也就是全世界的弹珠玩具业只有四家企业,形成寡占状态。哥德利普、巴利、芝加哥造币、威廉斯,所谓的四大企业。而吉尔巴特则打进其中,展开连续五年的激战。后来到了一九五七年,吉尔巴特公司对弹珠玩具放手不干了。"

"放手不干?"

他一面点头一面觉得味道不佳地喝完剩下的咖啡,并用手帕擦了

关于弹珠玩具的诞生

好几次嘴。

"嗯,败下阵来了。其实公司赚了钱,因为输出中南美,不过为了不要让伤口变大就赶快抽手退出。……到底弹珠玩具的制造还是需要极复杂的know-how噢。需要很多熟练的专门技术人员,还需要能统率这些人的规划者,而且要有遍布全国的经销网,要有经常储存零件的代理商,任何地方的机器故障了,也要有能力在五小时之内赶去修好的无数修理工人。总之非常遗憾的是,后起的吉尔巴特公司没有这样的力量。因此他们吞下眼泪退出阵容,从那以后大约七年之间,他们继续做一些自动贩卖机呀,克莱斯勒汽车雨刷等。不过他们并没有完全放弃弹珠玩具机哟。"

说到这里他就闭口不说了。从上衣口袋掏出香烟,在桌上咚咚地敲着烟头,然后用打火机点上火。

"没有死心喏!他们还是蛮有自尊心的,在秘密工厂里继续研究,从四大的退休职员里悄悄挖角过来组成计划小组,并投入庞大研究经费,下达一道命令:'给我造出不输于四大任何机型的机器,而且要在五年内完成。'这是一九五九年的事。公司方面也有效地利用这五年的时间,他们以其他的产品从温哥华到夏威夷的威基基,布下完善的铺货网,完成了所有的准备。"

"重新再开始的第一号机器于一九六四年如期完成。所谓'大浪'

就是这机器的名称。"

他从皮包里拿出剪贴簿翻开来递给我。从杂志上剪下来"大浪"的全身照片、面盘图、隔板设计,还有用法说明卡,都贴得一应俱全。

"这真是非常特别的一台。而且添加了许多过去所没有的各种功夫,例如采用连续模式就是其中一种。这'大浪'选用了可以配合自身技术的模式。这一台大受欢迎。

"当然吉尔巴特公司这许多创意到现在已经变成很普通了,不过在当时却是极端新鲜。而且这机器是非常有良心地制成的,第一点是坚固,四大企业的耐用年数大约三年,而他们的可以用五年。第二点投机性很淡,以技术为本位……此后吉尔巴特公司顺着这路线生产出几种著名机型。如'东方快车''太空飞行员''横渡美洲'……每一型都受到机迷的极高评价。'太空船'则是他们出的最后一种机型。

"'太空船'跟我刚才说过的四台趣味完全不同。前面那四台都凝聚了各种新奇功夫,而'太空船'却非常传统而单纯。除了四大企业已经用过的技法之外没有采用任何其他变化。因此也可以说反而是一部真正具有挑战性的机器,真是有自信哪!"

他慢条斯理地详细道来。我一面点了好几次头,一面喝咖啡,咖啡喝完了又喝水,水喝完了就抽烟。

"'太空船'是一部不可思议的怪机器。一眼看来好像没什么可取的,可是打起来却觉得有什么不一样。同样的挥把、同样的目标,可是跟其他机种就是有什么不同。那有什么就像麻药一样紧紧吸引住人们的心。不晓得为什么。……我把'太空船'称为运气不佳的机器有两个理由。第一,机器的优点没有充分被大家了解。当他们好不容易开始了解的时候,已经太迟了。第二,公司破产了。因为做得太有良心了,吉尔巴特公司被跨国的财团收购了,总公司认为不需要弹珠玩具部门。于是到此为止。'太空船'总共生产了一千五百台左右。可是就因为这些缘故,现在已经成为梦幻的名机。在美国'太空船'机迷间的行情价格是两千美元,可是却从来没卖出过。"

"为什么呢?"

"谁也不肯放手啊,谁都变成放不了手,真是奇妙的机器。"

他说完就习惯性地看看手表,抽一口烟。我点了第二杯咖啡。

"日本进口几台?"

"我调查过了,三台。"

"好少啊。"

他点点头。"因为吉尔巴特公司的产品日本没有经销商。六九年有一家进口代理店实验性地买进,就是那三台,想要再追加的时候,吉尔巴特父子公司已经不存在了。"

"你知道那三台的下落吗?"

他搅拌了好几次咖啡杯里的砂糖,又咯咯咯地抓抓耳垂。

"一台流到新宿的小游乐场,那游乐场在前年冬天倒掉了。机器行踪不明。"

"我知道那一台。"

"另外一台流到涩谷的游乐场,那里去年春天发生火灾,机器被烧了,其实因为投了火灾保险,谁也没损失。只不过是'太空船'中的一台从这世界上消失了而已。……不过从这点看来,除了说运气不佳之外,也没话说了。"

"就像马耳他之鹰一样啊。"我说。

他点点头。"不过最后一台的行踪我不清楚。"

我告诉他杰氏酒吧的地址和电话号码。"可是现在没有了,去年夏天处理掉的。"

他非常珍惜地把它抄进记事本里。

"我有兴趣的是以前在新宿的那台。"我说,"去向不明吗?"

"可能性倒有几个,最普遍的是当废铁处理。机器的回转很快,通常一般机器三年就折旧完了,付修理费不如买新的来得划算,当然流行也是一个问题,因此当废铁报销。……第二种可能性是被当成中古品买卖。型号虽然旧一点但还可以用的机器,往往被某些餐厅买去,而在那里以醉汉或生手为对象断送一生。第三种虽然这是非常少有的情况,但也可能被机迷收藏起来。不过百分之八十都是当废铁处理。"

我把没点火的烟夹在手指上,心情暗淡地思考着。

"关于最后一个可能性,能不能调查出来?"

"试试看倒没关系。但是很难吧!机迷之间所谓横向联系这世界上几乎没有,既没有名簿,也没有什么会刊。……不过反正试试看就是了。我自己对'太空船'也有一点兴趣。"

"非常感谢。"

他把背沉进深深的椅子里,喷着烟雾。

"对了,你'太空船'的最高得分多少?"

"十六万五千。"我说。

"那真不得了。"他表情也没变地说,"实在不得了。"于是又抓抓耳朵。

18

往后的一星期之间,我在近乎奇妙的平稳和安静中度过。虽然弹珠的声响还多少残留在耳里,但是像掉进冬天日光下的蜜蜂翅膀一样嗡嗡嗡的疯狂呻吟已经消失。秋意眼看着一天天加深,围绕着高尔夫球场的杂木林里,地上积起干枯的落叶。从公寓窗口看得见和缓的郊外丘陵,到处烧着那些落叶,细细的烟丝,像变魔法的绳子一般笔直地升上天空。

双胞胎比以前沉默了一些,而且变温柔了。我们散步,喝咖啡,听唱片,在毛毯下互相拥抱着睡觉。星期天我们花一个钟头走到植物园,在栎树林里吃香菇菠菜三明治。栎树林上长着黑尾巴的野鸟以清亮的声音鸣叫不休。

空气渐渐冷起来,我为她们两个买了两件新的运动衫,和我的旧毛衣一起给她们。因此两个人既不是208,也不是209,而变成橄榄绿圆领毛衣和米黄色开襟毛衣。两个人都没有抱怨,另外我还买了袜子和新运动鞋给她们。因而心情变得简直像长腿叔叔一样。

十月的雨真棒。像针一样细,又像棉花一样柔软的雨,在开始干枯的高尔夫球场草地上全面洒落下来。并没有造成水洼,只被大地缓缓地吸进去。雨停后的杂木林飘着湿湿的落叶气息,夕阳射进几道光,在地面描出斑斑点点的花纹。穿过杂木林的小径上,则有几只小鸟跑着越过。

事务所里的每一天也差不多一样。工作已经越过忙碌的高峰,我听着卡式录音带放出的毕克斯·拜德贝克、伍迪·赫尔曼、邦尼·贝里根的古老爵士乐，一面抽着烟，一面悠闲地继续工作，每隔一小时就喝威士忌，吃饼干。

只有女孩子在忙着查时刻表，订飞机票和旅馆，还帮我缝补了两件毛衣，换轻便西装的金属钮扣。她改变了发型，换擦浅粉红色的口红，穿起胸部曲线显眼的薄毛衣。而且融进了秋天的空气中。

一切都好像要将那姿态永远保留下来似的，极完美的一星期。

19

要向杰说出将离开这地方真是困难，不晓得为什么，就是非常难过。连续三天都到店里去，却三天都说不出口。每次想说的时候，喉咙便一阵咔啦咔啦的干渴，于是又喝了啤酒，然后就那样继续喝下去，被难以忍受的无力感支配着，心想不管怎么挣扎，结果哪里也去不成。

时钟指着十二点，老鼠放弃了，而且有点松了口气似的站起来，就像平常一样对杰说一声再见，就走出店里。夜风已经冷透了。回到公寓，坐在床上，恍惚地看着电视，打开罐装啤酒，点上香烟。西部老片、罗伯特·泰勒、广告、气象预报、广告，然后白噪声……老鼠关掉电视，去洗澡。然后又开了一罐啤酒，又点了一根烟。

离开这地方能去哪里都还不晓得，有时候也觉得哪里都没地方去似的。

有生以来第一次打从心底一阵恐怖爬上来。像地底下黑黑亮亮的虫一样的恐怖。它们没有眼睛，没有哀怜的感觉，而且想把老鼠拉进和它们同样的地底下去。老鼠全身都感觉到它们的黏滑。打开罐头啤酒。

那三天里老鼠屋里充满了啤酒空罐头和香烟烟蒂。非常想见女人，全身都感觉得到女人肌肤的温暖，想要永远进入女人体内，可是却不能再回到女人那里了。不是你自己把桥烧断的吗？老鼠心里想，你自己筑起一道墙，把自己关进里面去的啊……

老鼠望着灯塔。天空亮起来，海开始着上灰色，然后清晰的晨光简直就像揭掉餐桌布一样把黑暗抹消了。老鼠上床躺下，伴着他无处可去的痛苦共眠。

*

老鼠要离开这地方的决心，坚固得一时无法动摇，那是经过长时间从各种角度检讨而得的结论，好像已经没有任何漏洞的样子，擦亮了火柴，烧掉了桥梁，因此连留在心里的东西也消失了。街头或许还残留些许自己的影子,可是谁也不会留意,而这地方将会继续改变下去,终于连那影子的踪迹也会消失……觉得一切都将顺利地往前推进。

而杰呢……

为什么他的存在会如此扰乱自己的心,老鼠实在不明白。我要离开这地方了,你要保重噢。这不就结了吗?彼此对对方的事本来就一无所知,不相识的人互相遇见了,然后又互相擦身而过,只不过这么回事。可是老鼠还是心痛。躺在床上望着天花板,握紧拳头往空中挥出好几次。

*

老鼠拉起杰氏酒吧的铁卷门是星期一过了午夜的时分。杰跟平常一样,坐在关掉一半照明的店里桌旁,什么也没做地正在抽着烟。看见老鼠进来,杰稍稍微笑着点点头。杰在昏暗中看来令人心烦地衰老了。黑黑的胡渣在脸颊和下颚像影子一样笼罩着,眼睛下陷,薄唇干裂,头上血管浮出,指尖渗进黄色的烟草油垢。

"你累了是吗?"老鼠问道。

"有一点。"杰说,然后沉默了一会儿,"总有这样的日子,谁都会有。"

老鼠点点头拉开桌旁的椅子,和杰对面坐下。

"下雨天和星期一每个人都心情暗淡,歌里有这一句。"

"真是一点也没错。"杰一面凝神注视着自己夹着香烟的手指,一面这么说。

"你还是早点回家睡觉好了。"

"不,没关系。"杰摇摇头,像在赶虫子一样缓慢的摇法,"反正回到家大概也睡不好。"

老鼠反射性地看一眼手表,十二点二十分。了无声息的地下,昏暗中时间仿佛死绝了似的。铁卷门放下后的杰氏酒吧里,他多年来继续追求的灿烂光彩,现在连影子都没有。一切都褪色了,而且一切都好像已经精疲力尽了。

"给我一点可乐好吗?"杰说,"你可以喝啤酒啊。"

老鼠站起来从冰箱取出可乐和啤酒,连同玻璃杯一起拿到桌上来。

"音乐呢?"杰问道。

"不用了,今天安安静静就好。"老鼠说。

"好像什么葬礼似的啊。"

老鼠笑笑。于是两个人什么也没说地喝着可乐和啤酒。放在桌上老鼠的手表开始发出近乎不自然的巨大声响,十二点三十五分,又好像已经流逝了可怕而漫长的时间。杰几乎动也没动一下。老鼠则一直凝视着杰的香烟在烟灰缸里一直燃烧到吸口化成灰为止。

"为什么那么累呢?"老鼠试着发问。

"谁知道呢?"杰说着忽然像想起来似的把脚交换跷向另一边,"一定没什么理由吧。"

老鼠喝了半杯啤酒,叹一口气又把杯子放回桌上。

"杰!人全都要腐朽掉,对吗?"

"对呀!"

"腐朽的方法却各有不同。"老鼠无意识地把指甲放在嘴唇上,"不过我觉得每一个人所能选择的途径非常有限,顶多嘛……两三种。"

"或许是吧。"

气泡冒完的残余啤酒,像积水一样沉淀在玻璃杯底。老鼠从口袋里拿出变薄的香烟盒,将最后一根含在嘴上。"不过这种事我已经开始觉得不管怎么样都好了。哪一条路最后都一样要腐朽啊,对吗?"

杰让可乐杯保持斜度,默默听着老鼠的话。

"虽然如此,人还是继续在变。变化本身有什么意义,我一直不了解。"老鼠咬着嘴唇,一面盯着桌子沉思,"然后我这样想,不管怎么进步、怎么变化,结局都只不过是崩溃的过程而已,不是吗?"

"没错吧。"

"所以我对那些兴致勃勃朝着虚无迈进的家伙,一丝爱意或好感都没有。……对这个地方也一样。"

杰沉默不语,老鼠也默不作声。他拿起桌上的火柴,让火慢慢燃烧到轴心后,才点起香烟。

"问题在于,"杰说,"你自己正想要改变,对吗?"

"老实说,对。"

静得可怕的几秒钟溜过去了,大约有十秒吧。杰开口说道:

"人哪,实在天生就笨得可怜,比你所想象的更没用。"

老鼠把瓶子里剩下的啤酒倒进玻璃杯,一口气喝光。"我正在非常迷惑。"

杰点了几次头。

"一直决定不下。"

"我也注意到了。"杰这样说完,就好像谈累了似的微笑着。

老鼠慢慢站起来,把香烟和打火机塞进口袋,时钟正绕过一点。

"该休息了。"老鼠说。

"晚安。"杰说,"嗨!有人曾经这样说过噢:慢慢走!而且要满满地把水喝个够!"

老鼠向杰微笑,打开门,走上阶梯。街灯将没有人影的道路照得通明。老鼠在栏杆上坐下,抬头看天,并想着到底要喝多少水才够。

20

西班牙语讲师打电话来是在十一月连续休假刚休完的星期三。午休之前合伙人到银行去了,我在事务所的餐厅兼厨房吃着女孩子做的通心粉。通心粉有两分煮过熟了,不过以切得细细的紫苏代替罗勒,味道倒也不坏。我们正在讨论通心粉的做法时,电话铃响了,女孩子拿起电话,三言两语之后耸耸肩把听筒交给我。

"关于太空船的事,"他说,"我知道在哪里了。"

"在哪里?"

"电话里很难讲清楚。"他说。双方沉默了一下。

"那么你是说?"我问他。

"我是说用电话不好说明啊。"

"不如见一面是吗?"

"不。"他吞吞吐吐地说,"即使在你眼前让你亲眼看到也还是很难说明的意思。"

因为话说不太出来,所以继续等他说下去。

"我不是故弄玄虚,也没有开你玩笑,总之希望碰个面。"

"我知道了。"

"今天五点钟可以吗?"

"好哇。"我说,"可是还能打吗?"

"那当然。"他说。我道过谢,挂上电话。然后开始继续吃通心粉。

"你要去哪里?"

"去打弹珠玩具,不过不知道去什么地方。"

"弹珠玩具?"

"对,用挥把弹出弹珠……"

"我晓得啊,不过为什么去打弹珠呢……"

"嗯? 这世界上以我们的哲学无法推测的事情太多了。"

她在桌上托腮沉思起来。

"你很会打弹珠吗?"

"以前是。那曾经是我唯一拥有信心的方面。"

"我可什么都没有过。"

"那你就可以免于失去呀。"

她再度落入沉思的时候,我把剩下的通心粉吃完。然后从冰箱拿出姜汁汽水来喝。

"据说有一天会失去的东西没什么意义,该失去的光荣也不是真正的光荣。"

"是谁说的?"

"是谁说的我忘了,不过真的有道理。"

"世界上有什么不会失去的东西吗?"

"我相信有,你也最好相信。"

"我会努力。"

"或许我太过于乐观了,不过还不至于傻到那种程度。"

"我晓得啊。"

"不是我有自信,只是觉得比那相反要好得多。"

她点点头。"所以今天晚上你要去打弹珠?"

"嗯。"

"你两只手举起来。"

我把两只手举向天花板。她在我毛衣腋下盯着检查了半天。

"OK,去吧!"

*

我跟西班牙语讲师约在第一次见面的同一家咖啡店等候,见面后立刻搭上计程车。往明治大道一直开,他说。计程车发动以后,他取出香烟点上火,并给我一根。他穿着灰色西装,打着有三条斜线的蓝领带,衬衫也是蓝色,比领带稍微淡一点的蓝。我则穿灰毛衣、牛仔裤,还有发黑的沙漠皮靴。简直像个被喊进教授办公室去表现差劲的学生似的。

计程车在横过早稻田大道附近时,司机问道,还要再前面是吗?往目白路,讲师说。计程车再往前开一会儿便进入目白路。

"相当远吗?"我试着问看看。

"嗯,相当远。"他说着开始摸出第二根烟。我则暂且目送着窗外掠过的商店街风景。

"我找得好辛苦噢。"他说。

"首先试着从旁打听一些机迷的名单,找到二十个人左右,不只是东京而是全国,不过收获却是零。除了我们已经知道的之外,谁也不晓得更多实情。其次去接触从事中古机器买卖的业者,也没有几家,不过啊,他们让我调查那些经手的机器型录可就累了,因为数目实在太庞大了。"

我点点头,看着他点起香烟。

"幸亏知道时间倒帮助不少。说是一九七一年二月左右的事情,结果他们就帮我查了。吉尔巴特父子公司、太空船、型号165029,有了,一九七一年二月三日,废弃处分。"

"废弃处分?"

"当废铁处理呀。就像《007之金手指》里演过的那样啊。压碎成四方形,然后废物再生或者沉到海港里去。"

"可是你……"

"你先听我说啊。我死了心向业者道过谢回到家里。可是啊,心里面却还有个东西卡着,类似第六感的东西。不对呀,不是这样吧!我第二天又到业者那里去了一次,然后还去处理废铁的那里,并且看着他们处理废铁作业差不多三十分钟左右,才进到办公室拿出名片,大学讲师的名片,对于不明就里的人来说倒蛮有一点作用。"

他比上次见面时说话快了一点。不晓得为什么,这一点使我有点不自在。

"然后我这么说:因为我正在写一本小书,所以想顺便知道一下废铁处理的作业情形。"

"他愿意帮我忙,不过对一九七一年二月的弹珠玩具机却一无所知。那是当然啰,两年半前的事了,总不能一一去查啊,他们只是收集一堆,咔嚓一声就完了。我就再问了一个问题:如果那里面有某个东西我想要,例如洗衣机或摩托车的车体,而且支付一笔该付的钱,那么是不是会让给我。他说,可以呀。我问他有没有其他这种例子。"

秋天的黄昏转眼就结束,黑暗开始覆盖道路,车子正开出郊外。

"他说如果想知道详细情形,可以去问二楼负责管理的人。我当然就上了二楼去问:一九七一年左右有没有人来买弹珠玩具机?他说:

有！我问他是什么样的人，他就告诉我电话号码。对方好像交代过如果有弹珠玩具机进来请打电话给他。总算有点眉目。于是我问他那个人买了几部弹珠玩具。哇！他说，看是会来看，不过有些他买，有些他不买，搞不清楚噢。不过我说大概的数目就可以了，他就告诉我不低于五十台吧。"

"五十台。"我叫出来。

"因此，"他说，"我们要去访问这个人物。"

21

周围完全变暗了，而且不是单色的暗，而是将各种颜料像黄油一样厚厚涂上去似的黑暗。

我把脸贴在计程车窗玻璃上一直眺望着那样的黑暗，感觉像一张怪异的平面，看来又像用锐利的刀子在没有实体感的物质上划出的切口一样，奇妙的远近感支配着黑暗。巨大的夜鸟张开翅膀，在我眼前清晰地挡住去路。

随着车子继续前进，民房越来越稀疏，终于变成像地鸣似的涌起几万只虫声的草原和树林。云像岩石般低垂着，地上所有的东西，都像把头缩了起来似的在黑暗中沉默着。只有虫声淹没了地表。

我跟西班牙语讲师已经不再说一句话,只是交替地继续抽烟。计程车司机也一面凝视着路上车前灯的灯光一面抽烟。我无意识地用指头在膝盖上啪哒啪哒地连续拍着,而且有几次被一股想推开计程车门逃出去的冲动所驱使。

配电盘、沙坑、蓄水池、高尔夫球场、毛衣的脱线,还有弹珠玩具……心想该到哪里去才好呢?我抱着毫无脉络的纷乱卡片走投无路。忍不住想回家,想早一刻回去洗澡,喝咖啡,带着香烟和康德钻进温暖的床里。

为什么我在黑暗中继续奔跑?五十台弹珠玩具机,那未免太愚蠢了,这是梦,而且是没有实体的梦。

虽然如此,三把式太空船依然在继续呼唤着我。

*

西班牙语讲师要车子停在离道路约五百米左右的空地正中央。长及脚踝的柔软草丛像浅滩一般延伸出去。我下了车,伸直背部深呼吸一下,却闻到养鸡场的味道,眼睛所能看见的范围内没有灯光,只有微弱的路灯将四周的风景朦胧地浮现出来。无数的虫声将我们团团包围起来,好像从脚下要把我们拉进什么地方去似的。

我们暂时沉默着让眼睛习惯于黑暗。

"这里还是东京吗?"我试着这样问。

"当然,看起来不像吗?"

"觉得好像是世界的尽头似的。"

西班牙语讲师一副完全同意的表情,只点点头却什么也没说。我们一面闻着草香和鸡粪的气味一面抽着烟。烟则像狼火的形状低低流动着。

"那边有铁丝网。"他像在练习射击一样把手伸得笔直,指向黑暗深处。我睁大了眼睛辨认铁丝网。

"你沿着铁丝网一直向前走大概三百米左右,尽头有个仓库。"

"仓库?"

他也不看我一下,只点点头。"对,是一个很大的仓库,所以一看就知道,从前是养鸡场的冷冻仓库,不过现在已经不用了,养鸡场倒掉了。"

"不过还有鸡的味道啊。"我说。

"味道?……噢,那已经渗进泥土里去了,下雨天更糟糕,好像连羽毛的声音都听得见似的。"

铁丝网后面简直什么也看不见,只有可怕的黑暗,连虫声都快令人窒息。

"仓库门是开着的,仓库主人预先帮我们打开了。你要找的那台就在那里面。"

"你进去过吗?"

"只有一次……请他让我进去的。"他嘴上还含着烟点点头,橘红色的火星在黑暗中摇晃着,"打开门右手边马上就有电灯开关,你要注意阶梯哟。"

"你不来吗?"

"你一个人去吧!我这样约好的。"

"约好?"

他把烟丢在脚下小心踏熄。"对,他说可以随你高兴待多久,回去的时候请把电灯关掉再走。"

空气渐渐冷下来,土地带有的冷气从我们周围上升起来。

"你跟主人见过面吗?"

"见过。"稍微停了一下他才回答。

"是什么样的人物?"

讲师耸耸肩,从口袋掏出手帕来擤鼻子。"没什么明显特征的人物,至少眼睛看得出的特征是没有。"

"那为什么收集了五十台弹珠玩具呢?"

"嗯,世界上有各种各样的人,如此而已吧!"

我不觉得只是如此而已,不过我还是谢了讲师,跟他分了手,一个人沿着养鸡场的铁丝网走着。我想,不只是这样的。收集五十台弹珠玩具和收集五十张葡萄酒的标签有一些不同。

仓库看起来像蹲踞着的动物似的,周围密密地长满高高的草,峭立的灰色墙上连一扇窗都没开,真是阴郁的建筑。双扇铁门上用白油漆厚厚地涂掉像是养鸡场名字的文字。

我在离开十步左右的地方仰望了建筑物一会儿。不管想了多少却没有浮现什么好的想法。我打消念头直到入口,推开冷得像冰一样的铁门,门一声不响地开了,而在我眼前则展开另一种完全不同的黑暗。

22

我在黑暗中按下墙上的开关,隔了几秒钟之后天花板的日光灯咔吱咔吱地闪烁着,那白光溢满整个仓库,日光灯总共有一百只吧,仓库比从外面看起来还要宽大得多,虽然如此,那光量依然是压倒性的。炫亮使我闭起眼睛,稍过一下后张开眼睛,黑暗已经消失,只剩下沉默和冰冷。

仓库看起来像个巨大冷藏库的内部,不过只要想到建筑物原来的目的,就可以说是理所当然的了。虽然墙壁上一个窗户也没有,天花板也用白色涂料涂得雪亮,可是却到处沾上黄色、黑色和其他莫名其妙颜色的污点。墙壁一眼就看得出做得很厚,令人觉得像被塞进一个铅做的箱子里一样,一种永远无法再从这里逃出去的恐怖感捕捉住我,使我好几次回过头去看看后面的门,从来没见过比这更令人厌恶的建筑物。

若以极好意来看它,也觉得蛮像个大象的墓场,而代替那些曲着腿的大象白骨的,却是一望无际的弹珠玩具机,在水泥地上整齐地排开。我站在阶梯上一直凝神俯视那异样的光景,手则潜意识地爬到嘴上,又缩回口袋里。

那是数量可怕的弹珠玩具机,七十八是正确的数字。我花了不少时间将弹珠玩具机算了好几次,七十八,没错。机器朝同一方向排成八列纵队,一直排到仓库尽头的墙边为止,简直像在地上用粉笔先划好线排出来的似的,那行列一公分都不乱。又像凝固在亚克力树脂里面的苍蝇似的,周围的一切都纹风不动地静止着。七十八之死和七十八之沉默。我反射性地动了一下身体,因为如果不这样的话,恐怕连自己都会被编进那些怪兽群里面去了。

好冷,而且依然闻到死鸡的气味。

我慢慢走下只有五级的狭窄水泥阶梯。阶梯下更冷,不过虽然如此,还是在冒汗,令人讨厌的汗。我从口袋里掏出手帕来擦汗,只是沾在腋下的汗却拿它没办法。我在阶梯最下面一级坐下,用发抖的手拿烟抽。……三把式太空船,我真不愿意像这样跟她见面,对她来说也会这样觉得吧……或许。

门关上之后一点虫声都听不见,绝对的沉默像浓雾般沉淀于地表。七十八台弹珠玩具机将三百十二只脚稳重地踩在地上,默默忍受着那无处可去的沉重,真是令人伤心的风景。

我依然坐着开始试用口哨吹《Jumping with Symphony Sid》一开始的四小节。斯坦·盖茨摇头及踏脚的音节……一无阻拦的空旷冷冻仓库里,口哨亮丽优雅地吹响着,我心情稍微好转,又吹了下面的四小节,然后又四小节。好像所有的东西都竖起耳朵来听似的,当然谁也没有摇头或踏脚。虽然如此,我的口哨还是像被吸进仓库的每个角落似的消失了。

"好冷啊。"口哨一曲吹完之后,禁不住喃喃说出口来,那回声听来简直不像自己的声音。老是坐在这里做个人秀也不行啊,一坐着不动,冷气和鸡的味道好像一起渗透进我的骨髓里去似的。我站了起来,把沾在长裤上冷冷的土灰用手拍掉,并用鞋子把烟踩熄,丢到旁边的铁皮罐里去。

弹珠玩具……弹珠玩具呀。不是为了这个才来到这里的吗?寒冷使我连头脑的活动都要停止了似的。想想看啊!弹珠玩具呀。七十八

关于弹珠玩具的诞生

台弹珠玩具……OK,开关呢？这建筑物的什么地方一定存在着能够唤醒弹珠玩具的电源开关哪……开关,找找看吧!

我双手插在牛仔裤口袋里,试着沿建筑物的墙壁慢慢走。平板单调的水泥墙上还到处垂着用作冷冻仓库到最后时扯掉的配线和铅管留下的痕迹。从各式各样的机器、测表、接线盒、开关等的遗迹,可以想象是以极大的力量随意拔掉才留下的窟窿,墙壁比从远处看来光滑很多,如同巨大的蛞蝓爬过的样子。实际走起来建筑物真是非常宽阔,作为一个养鸡场的冷冻仓库来说真是出奇地宽阔。

正好在我走下的阶梯正对面也有一个同样的阶梯。再走上那阶梯的地方则有一个同样的铁门,一切的一切都相同,令人产生已经绕场一周的错觉。我伸出手试着推推那扇门,结果动都不动一下,虽然既没有门栓,也没有上锁,可是门却像被什么镶进去了似的纹风不动。我手离开门,无意识地用掌心擦擦脸上的汗,却闻到一股鸡的味道。

开关在那门的旁边,我把那杠杆式的大开关一拨上去,立刻发出像地底涌上来似的低鸣,整个覆盖了周遭,令背脊发冷的那种声音。其次像几万只鸟张开翅膀啪哒哒哒扑飞似的声音一连串响起来。我回过头眺望冷冻仓库,那竟是七十八台弹珠玩具机吸进了电气,而得分板上打出几千个零的声音。那声音结束之后,只剩下像成群蜜蜂嗡嗡嗡的混沌电气声,而仓库则充满了七十八台弹珠玩具机片刻的生气。一部一部面盘上都闪烁着各种原色光,板子上费尽心思地描绘出各自不同的梦。

我走下阶梯,恰像在阅兵似的慢慢走在七十八台弹珠玩具机之间。有一些只有在照片上才看过的典型优越机型,有一些则是在游戏场看过令人怀念的机型,也有些是谁都记不得而早已消失在时光中的机型。威廉斯的"友谊7号"面盘上画的飞行员是谁呀?葛雷……?那是六〇年代初的事。巴利的"华丽之旅",蓝天、埃菲尔铁塔、快乐的美国旅客……哥德利普公司出的"国王和皇后",滚球道有八道之多的机型。胡子理得精光表情漫不经心的西部赌徒,袜子口还藏着黑桃S……

超级英雄、怪兽、大学女生、足球、火箭,还有女人……每一样都是在昏暗的游乐场褪色腐朽到底的惯有的梦。各路英雄美人从面盘上朝我微笑着。金发、银发、棕发、红发、黑发的墨西哥女郎,马尾、长发及腰的夏威夷女郎,安·玛格丽特,奥黛丽·赫本,玛丽莲·梦露……每一位都将那美丽的乳房夸耀地挺出来。有些从扣子解到腰部的薄衬衫下,有些从连体游泳衣下,有些从尖端突起的胸罩下……她们永远保持那乳房美好的形状,却确实地褪色下去。并像配合心脏的鼓动一样,让那灯光继续一明一灭着。七十八台弹珠玩具机,那是古老的,令人想都想不起来的古老梦境的墓场。我从她们旁边缓缓穿过。

三把式太空船就在那行列的非常后面等着我,她被夹在那些浓妆艳抹的同伴之间,显得极其文静,就像端坐在森林深处石头上等着我一样。我在她前面站定,凝视着那令人怀念的面盘,那深深的暗蓝色太空,好像蓝墨水晕出来似的蓝,还有白色小星星,土星、火星、金星……前方飘浮着纯白的太空船,太空船窗里点着灯,里面看来简直像阖家团圆的一刻似的。黑暗中有几丝流星划出光线流过。

面盘依然和从前一样,同样的深蓝色,目标像微笑露出的牙齿一样洁白,堆积在星形之上的十个柠檬黄色得奖灯缓缓发出一上一下的光芒。两个弹出洞则是土星和火星,路标是金星……一切都充满着静谧。

嗨!我说。……不,或许没说出来吧。总之我把手放在她的面盘玻璃板上。玻璃像冰一样冷,我手的温度在那里留下十只手指的白色雾痕,她好像终于醒过来了似的对我微笑,多么令人怀念的微笑啊。我也微笑着。

好像好久没见了啊,她说。我做出思考的样子屈指算了一下。正好三年了吧,一转眼就过去了啊。

我们互相点点头暂时落入沉默。如果在咖啡店的话,正好是在啜着咖啡,用手指捏弄着镂花纱窗帘的时候。

我常常想起你的事噢,我说。然后忽然心情变得非常凄惨。

睡不着的夜里吗?

对,睡不着的夜里,我重复一次。她一直没有停止微笑。

不冷吗?她这样问。

冷啊,好冷噢!

不要待太久比较好,对你来说一定太冷了。

大概吧,我回答。然后用轻微颤抖的手抽出香烟,点上火,吸进烟。

你不玩弹珠吗?她问。

不玩,我回答。

为什么?

165000曾经是我的最高得分。你记得吗?

我记得啊。因为这也是我的最高纪录。

我不想破坏这个纪录,我说。

她沉默不语,只有那十个得奖灯缓慢地继续上下闪烁着,我一面看着脚尖一面吸烟。

你为什么来?

因为你叫我来呀。

叫你来?她有点迷惑,然后又像害羞起来似的微笑了。对了,或许是吧,或许是我叫了。

我找得你好苦噢。

谢谢!她说。你说点什么给我听听吧。

好多事情都完全变了噢,我说。你以前在那里的那个游乐场,后来变成通宵营业的甜甜圈店,那里的咖啡好难喝噢。

有那么难喝啊?

从前在迪士尼动物电影里面,有一只快要死掉的斑马就是喝了跟那刚好一样颜色的泥水。

她咯咯咯地笑着,好美的笑容。不过那真是一条令人讨厌的街,她满脸认真地说,一切都那么粗俗、脏乱……

就是这样的一个时代啊。

她点了好几次头。那你现在做什么?

翻译的工作啊。

小说吗?

不,我说。只不过一些像每天的泡沫似的东西。把一条水沟的水移到另一条水沟去,如此而已。

不快乐吗?

这个嘛,从来没想过这件事呢。

女朋友呢?

或许你不会相信,不过现在我跟两个双胞胎一起生活,咖啡泡得非常好喝。

她一直微笑着,暂时把眼睛望向空中。总觉得好奇怪哟,一切都不像真正发生的事一样。

不,这都是真正发生的事,只不过已经消失了而已。

难过吗?

不,我摇摇头。只是从无中生有的东西,又回到原来的地方去了而已。

我们再度沉默下来。我们所共有的东西,只不过是在好久以前已经死去的时间的片断而已。虽然如此,那温暖的感觉还多少像古老的光一样,到现在还在我心中继续徘徊着。而且直到死捉住我,将我再度丢进虚无的坩埚之前的短暂时间内,我还是会伴着那光一起前进吧。

你还是早点走比较好,她说。

确实冷气已经强得令人难以忍受了,我身体发抖,把烟踩熄。

谢谢你来看我,她说。或许没有机会再见了,你要保重噢!

谢谢!我说。再见。

我穿过弹珠玩具的行列走上阶梯,关掉杠杆式开关。好像把空气抽掉似的,弹珠玩具的电停了,完全的沉默和睡眠覆盖了四周。从再度穿越仓库,走上阶梯把电灯开关切掉,到伸手把身后的门关闭为止的漫长时间,我没有向后回头,一次也没回头。

*

叫了计程车回到公寓已经将近午夜。双胞胎正在床上快要完成周刊杂志的纵横字谜。我满脸发青,身上都是冷冻鸡的味道。我把穿过的衣服全部塞进洗衣机里,就去泡热水澡。为了恢复正常人的意识,而在热水里泡了三十分钟左右,可是渗透到身体深处的冷气还是没有消掉。

双胞胎从壁橱里拉出瓦斯暖炉帮我点上火,十五分钟后才停止发抖,喘过一口气之后,又热了罐头洋葱汤来喝。

"已经没事了。"我说。

"真的吗?"

"还冷冷的啊。"双胞胎一面握着我的手腕一面担心地说。

"一下就会暖和起来的。"

然后我们钻进床里,完成纵横字谜的最后两题,一题是虹鳟鱼,一题是散步道。身体立刻温暖起来,我们也不晓得谁开始先落入深沉的睡眠中。

我梦见托洛茨基和四头驯鹿,四头驯鹿一律都穿着毛线袜,非常寒冷的一个梦。

23

老鼠已经不再和女人见面,也停止再眺望她房间的灯光,连窗口都不再靠近了。恰似吹熄蜡烛之后升起的一道白烟一样,他心中的某样东西在黑暗中飘了一下就消失了。然后阴暗的沉默来临,沉默。老鼠也不知道,一张一张的外皮剥掉之后到底会剩下什么。自尊?……他在床上一遍又一遍地望着自己的两只手,如果没有自尊,人恐怕活不下去吧,可是如果只有这个也未免太黑暗了,实在太黑暗了。

离开女人倒很简单。有一个星期五夜里停止给女人打电话,只不过这么回事而已。她或许一直到半夜还在继续等电话吧,想到这里心里好难过,好几次要伸手去拿电话,老鼠强忍住了。戴上耳机,把音量提高继续听着唱片,虽然明知她不会打电话来,可是依然不愿意听见电话铃响。

等到十二点,她一定会放弃吧。然后洗脸刷牙,钻进床里,然后想到电话明天早上一定会打来吧,然后关掉灯睡觉。星期六早上电话依然没响,他打开窗户,做早餐,给盆栽浇水,然后继续等到中午过后,这次总该真正放弃了吧。一面对着镜子用发刷梳头发,一面试着练习几次微笑。然后想道:结果还是应该变成这样的。

这所有的时间,老鼠在百叶窗关得密密的房间里,凝视着墙上挂的电子时钟的针度过。房间里的空气纹风不动,浅浅的睡眠好几度通过他的身体,时针已经没有任何意义,黑暗的深浅反复了几次而已。老鼠自己的肉体渐渐失去实体,失去重量,忍受着感觉的渐淡。几个钟头,到底几个钟头我一直这样子呢,他想。眼前的白墙随着呼吸缓缓摇动。空间拥有某种密度,开始侵蚀他的肉体。然后再如此下去已经无法忍受了,老鼠推测着这极限的一点站了起来,到浴室去冲澡,在朦胧的意识中刮了胡子,然后擦干身体,从冰箱拿出橘子水来喝,穿上新睡衣上床,这就结束了,他想。然后深沉的长睡来临,可怕的深睡。

24

"我要离开这地方了。"老鼠对杰说。

黄昏六点,刚开门的店,柜台打了蜡,店里所有的烟灰缸还没有一根烟蒂。酒瓶都擦得干干净净商标朝外地排列着,连尖端都折得整整齐齐的新餐巾纸和塔巴斯哥辣椒酱和盐瓶都工整地收放在小浅盘上。杰正在将三种沙拉酱分别在不同的小钵子里搅拌着。蒜头的味道像细细的雾一样飘散在四周,就是在这样一个小有意思的时刻。

老鼠向杰借了指甲刀,一面让剪下的指甲掉落在烟灰缸里一面那样说。

"你说离开……要去哪里?"

"没有特定的目标,想到没去过的地方,最好是不太大的地方。"

杰用漏斗把各种沙拉酱注入不同的大长颈瓶里,然后把那三个瓶子放进冰箱,用毛巾擦擦手。

"到那里去做什么?"

"工作啊。"老鼠剪完左手的指甲后看了好几次手。

"在这地方工作不行吗?"

"不行啊。"老鼠说,"好想喝啤酒噢。"

"我请客。"

"那就谢了。"

老鼠把啤酒慢慢倒进冰过的玻璃杯,一口喝掉了大约一半。"你不问我为什么在这里不行的理由吗?"

"因为我好像有点了解。"

老鼠笑笑再咋舌道:"唉,杰!不能这样啊。如果每个人都这样不闻不问就互相了解的话,那还有什么戏唱呢?虽然我不想这样……不过我好像已经在那种世界里停留太久了似的。"

"或许吧。"杰考虑了一下之后这样说。

老鼠又喝了一口啤酒,然后开始剪右手的指甲。"我想了很多,也想过到那里去结果都一样啊,不过我还是要走,即使一样也好。"

"不会再回来了吗?"

"当然有一天会回来的,有一天喏,因为又不是逃出去的。"

老鼠拿起小碟子里的花生,大声剥着皱巴巴的壳,丢进烟灰缸。啤酒冰冷的水珠滴积在磨得晶亮的台面上,他用纸餐巾擦掉。

"什么时候出发?"

"明天、后天,实在不清楚,大概就在这两三天内吧,已经准备好了。"

"真是太突然了啊。"

"嗯……倒是一直给你添了很多麻烦。"

"唉!真是经历了不少事情。"杰一面把排在餐橱的玻璃杯用干布擦着,一面点了好几次头,"不过只要过去了一切都像梦一样。"

"也许。不过,在我能真正那样想之前,却觉得花掉很多时间。"

杰隔了一会笑道。

"是啊,我常常会忘掉我跟你相差二十几呢。"

老鼠把剩下的啤酒全倒进玻璃杯里,慢慢喝着。这样悠闲缓慢地喝啤酒,这还是第一次。

"要再来一瓶吗?"

老鼠摇摇头。"不,不用了。这瓶本来就打算当最后一瓶喝的。我是说在这里喝的。"

"你不再来了吗?"

"是这样打算,因为来了会难过啊。"

杰笑笑。"那么后会有期啰。"

"下次见面也许认不出来噢。"

"闻味道就知道了。"

老鼠再度望望自己剪干净的两只手指,把剩下的花生塞进口袋,用纸餐巾擦擦嘴站起来。

*

就像滑过黑暗中透明的断层一样,风无声地流过。风微微地颤动头顶上的树枝,并将枝上的叶子规则地拂落地上。落在车顶上的叶子发出干干的声音,暂时在上面徘徊,然后顺着车前玻璃的斜面滑落在车盖上。

老鼠一个人在灵园的树林里,失落了所有的语言,只能继续呆望着车前玻璃的远方,车子前方几米的地面断然下陷,前面是幽暗的天空和海和街道的夜景无限延伸出去。老鼠上身前倾两手搭在方向盘上,身体动也不动地凝神注视着虚空的一点。指尖夹着一根没有点火的香烟,用那尖端在空中继续画了几个复杂而毫无意义的图形。

跟杰谈过之后,难以忍受的虚脱感向他袭来,好不容易才让实体互相聚合成一体的各种意识之流,突然间又好像开始分别往不同的方向走散了。老鼠不晓得要到什么地方才能把这些支流再度汇合成一体。每一道支流都只不过是流向茫漠大海的暗河之流。或许再也不会汇合在一起了,二十五年的岁月也好像只是为了这个而存在的。为什么呢？老鼠试着问自己。不晓得。虽然是个很好的问题,却没有答案。好问题总是没有答案。

风又增强了几分,那风将人们从各种营生中烘焙起来的温暖,吹到某个遥远的世界去,而留下冷却了的黑暗深处,则有无数星光闪烁着。老鼠把两只手从方向盘放下,将夹在唇间的香烟转动了一阵子,才好像忽然想起来似的点上火。

头有点痛,与其说是痛,不如说两边太阳穴像被冰冷的手指压住似的奇妙感触。老鼠摇摇头,把种种思绪甩掉。总之,结束了。

他从隔箱里拿出全国版道路地图,一页一页慢慢翻着,然后发出声音念着几个地方的名字,几乎都是些没听过的小地方,那些地方沿着道路无限地串连,念了几页之后,数日来的疲倦像巨大的浪潮般突然向他涌来,而一股微微的暖流则在血液中慢慢巡回。

好困。

觉得睡意好像要将一切都消除净尽似的,只要睡着多好……

眼睛闭上时,耳朵深处听得见海浪的声音,拍打着防波堤,像要将水泥护堤的接缝缝补起来似的牵引而去的冬之浪潮。

这样一来再也不必去向谁说明什么了,老鼠想道。而且海底比任何地方都暖和,而且充满了平安和宁静吧。不,再也不要想什么了,什么都不想了……

25

弹珠玩具的声音忽然从我的生活中消失,而且漫无目的的想法也消失了,当然不可能因此像"亚瑟王和圆桌武士"似的"大团圆"就会到来,那一定是更久以后的事。马儿疲惫了、剑折断了、铠甲生锈的时候,我在狗尾草繁茂的草原上躺下,静听着风声。然后不管蓄水池底也好,养鸡场的冷冻仓库也好,什么都好,走我该走的路。

对我来说这段时间的尾声,就像任雨淋湿的晒物场一样,只不过是件芝麻小事。

就是这么回事。

有一天双胞胎从超级市场买了一盒棉花棒,那盒子里塞满了三百根棉花棒。我每次洗完澡出来,双胞胎就坐在我两边同时帮我清理两侧的耳朵。她们两个确实很会清理耳朵,我闭着眼睛,一面喝啤酒,一面继续听着耳朵里两根棉花棒发出咯嘶咯嘶的声音。可是有一天晚上,我正在清着耳朵的时候,却打了一个喷嚏,而从那瞬间开始两边的耳朵几乎都听不见什么了。

"我的声音听得见吗?"右侧说。

"只有一点点。"我说,自己的声音则听得见在鼻腔里。

"这里呢?"左侧道。

"一样啊。"

"因为打了喷嚏的关系哟。"

"废话。"

我叹了一口气,简直像保龄球道尽头分散的7号瓶和10号瓶在对我说话似的。

"喝点水会不会好?"一个问。

"怎么会。"我生气地吼道。

虽然如此,双胞胎还是让我喝了足足一桶那么多的水,只有使肚子胀得难过而已。因为耳朵并不痛,所以一定是打喷嚏的瞬间把耳垢推进耳朵深处了,除此之外也没别的可想了。我从抽屉里翻出两把手电筒,让她们帮我看看,两个人像在窥探风穴似的往我耳朵深处探照着,花了好几分钟帮我检查。

"什么也没有啊。"

"一尘不染呢。"

"那为什么听不见呢?"我又再吼了一次。

"寿命临终了吧。"

"变聋子了啦。"

我不理她们两个，查了电话簿，打到最近的一家耳鼻喉科医院去。电话的声音非常难听清楚，可能也因为这样，稍微引起护士的同情，才说马上过来吧！大门暂时开着等你。我们急忙穿好衣服，走出公寓沿着巴士路线走去。

医生是一位五十岁左右的女医师，虽然留着满头纠缠不清的铁条网似的发型，不过看来却是非常令人有好感的人。她打开候诊室的门，叭叭地拍拍手示意双胞胎别讲话，然后要我坐在椅子上，一副没什么兴趣的样子问到底怎么啦？

我说明完毕之后，她说：我们已经知道啦，你不要再吼了。然后取出一支不带针头的巨大注射器状的东西，在那里面吸进满满的米黄色液体，给我一个白铁传声筒一样的东西，要我托在耳朵下面。注射器插进我耳朵里，米黄色液体在耳洞里像一群斑马似的奔腾一阵之后从耳朵流出来落进传声筒里去。这样重复三次之后，用细细的棉花棒在耳朵深处挑一挑，两边的耳朵都完成后，我的耳朵又完全恢复原状了。

"听得见了。"我说。

"耳垢。"她简洁地说。听来像是在玩接尾口令的下一句似的。

"可是刚刚看不见哪。"

"因为弯曲着啊。"

"?"

"你的耳洞比别人弯得多啦。"

她在火柴盒背面帮我画出我耳洞的图。那正如桌角钉上的补强五金的形状一样。

"所以当你的耳垢弯进这个弯角的时候,那么谁来喊你,都喊不回来了。"

我呻吟道:"那么怎么办才好呢?"

"什么怎么办……只要在清理耳朵的时候注意一点就行了啊。注意。"

"你说耳洞比别人弯,那对其他方面有没有什么影响?"

"其他方面什么影响?"

"例如……精神上。"

"没有。"她说。

我们多走了十五分钟,绕远路横越过高尔夫球场回公寓。十一号洞的狗腿洞使我想起耳洞,球杆让我联想到棉花棒,还想到更多,半遮着月亮的云联想到B-52编队,茂密的西树林联想到鱼形的文镇,天上的星星联想到荷兰芹菜末上长的霉……够了别想了。总之耳朵能非常敏锐地分辨出全世界的各种声音。世界简直像脱掉一层面纱似的感觉。几公里外夜鸟在啼，几公里外人们在关窗，几公里外人们在谈情说爱。

"真是幸亏啊。"一个说。

"实在太好了。"另一个说。

*

田纳西·威廉斯如此写道：关于过去和现在正如这般；关于未来则是"或许"。

但是回顾一下我们所走过来的黑暗时，在那里摆着的觉得好像也依然只是不确定的"或许"。我们能够得到明确的知觉的，只不过是所谓现在这瞬间而已，而连这个也只不过和我们擦身而过罢了。

去送双胞胎走的时候，我一直思考的大体上就是这类事情。穿过高尔夫球场到前面两站，我一面走着，一面沉默着。星期天早上七点，天空像穿透了似的蓝。脚底下的草，充满了来春降临前短暂死亡的预感。不久这上面就要开始降霜、积雪，并在透明的晨光中发亮。泛白的草地，在我们脚下继续发出咔沙咔沙的声音。

"你在想什么？"双胞胎的一个问道。

"没想什么。"我说。

关于弹珠玩具的诞生

她们穿上我给的毛衣,纸袋里装了运动衫和仅有的替换衣物抱在腋下。

"要去哪里?"我问。

"原来的地方啊。"

"只是回家而已。"

我们穿过洼陷的沙地,越过八号洞笔直的球道,走下露天自动扶梯。惊人数目的小鸟们在草地上和铁丝网上眺望着我们。

"我不太会说,"我说,"不过你们走了我觉得非常寂寞。"

"我们也是啊。"

"好寂寞噢。"

"不过还是要走吧?"

两个人点点头。

"真的有地方可以回去吗?"

"当然哪。"一个说。

"不然就不会回去呀。"另一个说。

我们跨过高尔夫球场的铁丝网,穿过树林,坐在巴士站的长椅上等巴士。星期天早晨的巴士站静得好美,充满了舒畅的日光,我们在这日光下轮流说着接尾口令玩,大约五分钟左右巴士来了,我给她们两个巴士车钱。

"下次在什么地方再见吧!"我说。

"下次再见。"一个说。

"下次再见了。"另一个也说。

那简直像回声一样在我心里响了好一阵子。

巴士门啪哒一声关上,双胞胎从窗里向我挥手。一切的一切都在反复着……我一个人走回原来的路,回到秋光满溢的房间里听双胞胎留下的《塑胶灵魂》,泡咖啡,然后一整天望着通过窗外而去的十一月的星期天。

那是一切都像要变透明了似的,十一月安静的星期天。